前世で辛い思いをしたので、神様が謝罪に来ました

God came to apologize
because I had a hard time
in the past lite

7

初昔茶ノ介

Chanosuke
Hatsumukashi

レオン
強くて頼れる
サキの先輩。
クロード公爵家の
次男。
アネット
サキとフランの妹。
背伸びしたがりで
おしゃまな性格。
サキ
不幸ばかりの前世を
神様に謝罪され、
幼女として異世界転生した。
最近は、お店の経営や
魔法の研究で
大忙し！
学園のお友達
アニエ
オージェ
フラン
ミシャ

従魔たち
ネル
クマミ
クルラ
ウィム
コットン
テリー
パスカル
勇者パーティに
所属していた賢者。
あらゆる属性の魔法を
使いこなす。
リーデル
かつて世界を救った勇者。
卓越した剣技と
炎魔法の腕を持つ。
Characters
登場人物紹介

私――雨宮咲《あめみやさき》の一度目の人生は、不幸続きだった。死に方だって、落雷に打たれるなんていう信じられないものだったし。

だけどそれは神様の手違いによるものだったらしいの。

それを申し訳なく思った神様――ナーティ様は私に謝《あやま》りつつ、剣と魔法の異世界・シャルズに転生させてくれた。たくさんの才能と、頼れる子猫の従魔《じゅうま》ネルとともにね。

こうしてサキ・アメミヤとして第二の人生を送り始めた私は、王都エルトにあるアルベルト公《こう》爵家《しゃくけ》の養子になった。

当主のフレル様とその奥様であるキャロル様――今ではパパとママって呼ばせてもらっているけど――そして、二人の子供であるフランとアネットの四人は、私を家族として迎《むか》えてくれたの。

それだけじゃない。魔法を習うために通っている学園では、ブルーム公爵家の一人娘で面倒見《めんどうみ》のいいアニエちゃん、洋服作りが得意で、最近写真を撮《と》る楽しさにも目覚めたミシャちゃん、そしてすぐ調子に乗るけど素直《すなお》な男の子オージェとも、仲良くなったんだよね。

そうそう、最近は学園一強いクロード公爵家次男のレオン先輩……違った、この間から『レオンさん』って呼ぶようになったんだ。

気を取り直して。レオンさんと一緒に行動することも増えたの。学園の長期休暇《ちょうききゅうか》を利用して泊まりがけで遊びに行ったり、一緒に魔道具を売るためのお店を作ったり、いろいろなことをしているんだ。

だけどこの間は、大きな勘違《かんちが》いをした結果、迷惑《めいわく》をかけてしまった。レオンさんはそれでも私を気遣《きづか》って、私のために頑張《がんば》ってくれたんだ。

そんな一件の中で私はレオンさんが好きなんだって気付いて……うう、ちゃんと言葉にすると恥《は》ずかしいよぉ！

……それはさておき。お店もオープンしたばかりだし、学園も始まったし、これから大忙《おおいそが》し！

気を抜かないようにしなきゃね！

1 恒例の行事

『たぁー！』

観覧席《かんらんせき》の上空にある大きな画面に、炎《ほのお》を纏《まと》った状態で駆《か》け抜けていくアネットが映《うつ》し出された。

私のお店『アメミヤ工房』が王家と契約《けいやく》をしてからちょうど一ヶ月後の今日は、初等科三学年のクラス対抗戦の日。そう、三学年になったアネットのデビュー戦である。

初等科三年生は、二十人のクラスが六つあり、一クラスにつき四チームが作られる。それによってできた計二十四チームがトーナメント方式で戦うのだ。

競《きそ》う内容は、【オブジェ破壊《はかい》戦】。自分と相手の陣営にそれぞれ三つのオブジェが設置されていて、先にそれらを全て破壊したほうが勝ちだ。

ちなみに時間制限もあり、三十分経過した段階で試合は終了。破壊数が多いチームが勝利となる。

いつもの五人――私、アニエちゃん、フラン、ミシャちゃん、オージェで三学年対抗戦を見学しているんだけど、アネットは初戦からずっと破竹《はちく》の勢《いきお》いで相手のオブジェを破壊し続けている。

アネットは私から魔法の、クロード家長男のレガール様から体術の特訓を受けていて、しかも努力も欠かさないから、他の同学年の子たちよりも明らかに実力が頭一つ抜けているんだよね。

頭一つどころじゃない気もするけど……。

まぁ、そもそも入学する前から私とフランと一緒に魔力操作を特訓しているアネットの相手をするなんて、同学年の一般生徒には荷が重すぎる話ではあるか。

でも、決勝戦の相手は同じく公爵家であるカルバート家の長男、リック様。

彼も同学年の中ではかなりの実力者らしいけど……。

そんなことを考えていると、ちょうどリック様とアネットが声を上げる。

『お前たちは両端《はし》のオブジェを守れ！』

『あなたたちは全員で右へ！　真ん中と左は私《わたくし》が受け持ちます！　確実に落としてくださいまし！』

そうして、アネットとリック様は、対峙《たいじ》する。

『今日も……私が勝つ！』

『今日は……俺が勝つ！』

二人は駆け出しながら、魔法を放つべく構えた。

◆

「第一《シグル》フレア！」

「第一《シグル》グランド！」

リックと同時に、私――アネットは魔法を放ちました。

炎の弾丸と土の弾丸《だんがん》がぶつかり、爆《は》ぜる。

この世界には炎《フレア》、水《アクア》、風《ウィンド》、雷《エレクト》、土《グランド》、草《ウィード》、光《ライト》、闇《ダクネ》、空間《ディジョン》、治癒《ヒール》、特殊《ユニク》という十一種類の魔法属性がありますの。

しかも魔法は、繰《く》り返し使用して経験を積《つ》むことでスキル化させたり、発動過程を簡略化《かんりゃくか》させたり、オリジナルの魔法を生み出したりと、応用も利《き》きますわ。

スキル化した魔法は、強さや難しさによって第一《シグル》から第十《デキャル》まであるナンバーズに分類され、どのランクの魔法も一度発動できればその後はずっと使えるのです。

それだけでなく、魔法の飛距離を延《の》ばす【ア】、速度を速くする【ベ】、効果時間を延ばす【セ】、操作性を高める【デ】といったワーズや、魔法に複数の属性を付与するエンチャントなどと組み合わせてさらに強化できますわ。

とはいえ人によって向き不向きがあるので、一般的には生まれつき魔法が得意だと言われている貴族ですら、多くて五、六種類の属性しか使えませんけれども。ただし、サキお姉さまは特別でして、生まれつき全ての属性への適性があるのですわ！

そして私とリックは、お互い炎魔法と土魔法を第一級《シグル》にスキル化しておりますの。

しかし、悔しいですがリックの方が魔力量は上……持久戦になっては私が不利ですわ。

「アプレント第二《ダブル》グランド！」

リックが地面に手をつくと、周囲の地面から土が蔓《つる》のように伸びて私に向かってきます。

そのナンバーズのスキル化ができなくとも、【アプレント】を頭に付けて唱《とな》えれば持続力などは下がるものの、威力はそのままに魔法を発動させられます。おまけにこれによって、早くナンバーズとして習得してスキル化できると教えられていますの。

これまでは第一《シグル》級の魔法しか使っていなかったのに……驚きですわ！　リックもこの決勝戦に備えて新しい技術を身につけているということみたいです。

でも、私だって！

私は目を凝《こ》らし、相手がどのような魔法を使うかを読み、最小限の動作で避《よ》けてみせます。

「何っ⁉」

驚《おどろ》くリックを見て、内心ほくそ笑みます。

ネルちゃんの言う通り、動きがよく見えましたの！

前にネルちゃんと戯《たわむ》れている時に言われたことを指針にして、トレーニングをしてきて、正解でしたわ。

ネルちゃんは私に『アネット様の目は私の目と似てますね、動きを素早《すばや》く捉《とら》える猫《ねこ》の目です』と言っていました。それから速く動くお姉様をひたすら目で追うように心がけた結果、私は一つのスキルを得ましたの。

「これが私のスキル、【猫の目《キャットアイ》】ですわ！」

このスキルと鍛《きた》えた魔法で、リックを倒しますの！

猫の目は動体視力や周辺視野を向上させ、物の動きを正確に捉《とら》えるスキル。

土魔法は攻撃《こうげき》速度の遅いものが多いから、猫の目を使えば、さほど速く移動できない私でも正確に避けられるのです。

「くそっ！　当たれ！」

リックはそう叫びながら、私に向かって土魔法を何度も放ってきます。

しかし、それでも私には当たりません。

すると、今度は手数が増していきます。

すごい魔力量……やはり油断できませんね。

ですがリックは体術が苦手ですし、接近戦に持ち込めば、押し切れますの！

「アプレント第三《トリル》フレア……」

炎を……引き延ばすように……。

頭の中で魔法で作り出すものを丁寧《ていねい》に想像し、そして……発動する。

「【炎の鞭《フレアウィップ》】」

やった！　上手《うま》くできましたの！

私は内心魔法がしっかり発動したことに喜びながらも、炎でできた鞭《むち》を飛んでくる土の弾に向けて振るいます。

土の弾に触《ふ》れた瞬間《しゅんかん》、炎の鞭は爆《は》ぜてリックの魔法を粉々《こなごな》にしました。

「なん……だと」

リックは、驚きを隠せない様子です。

「これはお姉さまからの教えを昇華《しょうか》して生み出した、私のオリジナル技ですわ。圧縮《あっしゅく》した炎をしならせて振るい、触れた対象を爆発させますの」

お姉さまの教えを守り、私なりに悩みながら練習を重ね……気付くと身についていましたの。

ネルちゃん曰《いわ》く、この歳にして自力でオリジナル技が使えるようになるのはとても珍《めずら》しい、とのこと。

つまりこれは……私とお姉さまの絆《きずな》の結晶《けっしょう》！

負けるわけがないんですの！

「負けてたまるか！」

そう口にしながらリックが撃《う》ってくる魔法を炎の鞭で壊しながら、私は距離を詰めます。

そしてリックの間合いに入る直前に、私は鞭を地面に叩きつけました。

砂埃《すなぼこり》が立ち、リックはキョロキョロと周囲を警戒《けいかい》しています。

でも、猫の目でリックの動きはお見通し！

私はリックの死角に回り、構えます。

足で地面を掴《つか》み、踏《ふ》み込みながら腰《こし》を回し、力を腕《うで》へと伝える。そして、手に集めた魔力を叩き込むんですの！

「エルト国式体術・一番【衝歩《しょうほ》】！」

「がはっ！」

私の掌《てのひら》が、リックの横腹に突き刺《さ》さりました。

リックは苦悶《くもん》の表情を浮かべながら、倒れます。

レガールさまから教えていただいた体術と、お姉さまから教えていただいた魔法と魔力操作……全てを使い、リックを倒したのです！

見てくださいましたか、お姉さま……アネットも少しはお姉さまに近づけましたでしょうか。英《えい》雄《ゆう》の妹にふさわしい動きが、できていたでしょうか……。

さっきまでの自分の動きを頭の中で反芻《はんすう》してから、首を左右に振る。

こんなことで満足していてはいけませんわね、お姉さまへの道はまだまだ遠いんですの！

私は少しだけ浮《うわ》ついてしまった心を治《おさ》めて、オブジェを破壊しに向かうのでした。

◆

アネットのチームがリック様のチームを倒し、三学年クラス対抗戦で優勝したのを見届けて、私——サキはほっと息を吐いた。

「はぁ……」

アネットは昨日までずっと魔法の特訓とか、作戦の考案とかを夜遅くまでしてたから、もしこれで負けちゃったらと思うと、心配でしょうがなかったんだよね。

「アネットちゃん、すごい活躍《かつやく》だったわね」

「本当に。いったい誰に似たんだか」

フランはアニエちゃんの言葉にそう答えてから、『君のことだよ』と言わんばかりに私の方を笑顔で見つめてくる。

私はぷいっとそっぽを向く。

「きっとフランでしょ。接近戦の前に地面を爆破して視界を奪《うば》う作戦とか、発想が同じだもん」

「いやいや、僕ならもっと確実な方法を選ぶよ。あれは、地面が土じゃないと採《と》れない手段だしね。アネットは地面が土かどうかなんて、きっと考えていなかったさ」

「じゃあフランならどうするんすか？」

そんなオージェの言葉に、フランの瞳《ひとみ》がきらっと光る。

そこから男の子二人は、戦術について話し込んでしまう。

まったくもう、これだから男子は。

「でも、あの魔力コントロールの繊細《せんさい》さはサキちゃんを思わせるものがありましたよ」

ミシャちゃんにそう言われて少し誇《ほこ》らしい気持ちになり、私は胸を張る。

「私が教えた魔力コントロールの練習を続けていたからね」

そんな風に話をしていると、画面にアネットが映し出された。

『えーそれでは、大会中最もオブジェを破壊した選手、アルベルト家のアネット選手にインタビューです！』

『今日はＭＶＰ間違いなしの、すごい活躍でしたね。今のお気持ちをどうぞ』

インタビュアー二人にマイクに似た魔道具を向けられたアネットは、満面の笑みで答える。

『まずは私に体術を教えてくださったクロード家のレガールさまに感謝を。そして……お姉さま！　アネットはやりましたの！　あの素晴《すば》らしい魔法も、魔力の扱いも全てお姉さまの的確かつお優しいご指導のおかげです！　本当にお姉さまの指導は――』

そこからアネットの姉語りが始まってしまう。

私は顔から炎魔法が出そうなほど恥ずかしくなって、顔を両手で覆《おお》うしかなかった。


やっとインタビューが終わり、私は息を吐いた。

「まったくもう……」

私が火照《ほて》る頬《ほお》に手を当てながらそう呟《つぶや》いたのを聞き、アニエちゃんが優しく微笑《ほほえ》む。

「ふふ……アネットちゃんは本当にサキが好きね」

「それは嬉しいことだけどぉ……」

姉離れができるのか、私は心配だよ……。

もう一度ため息を吐く私を横目に、アニエちゃんは手をパンと叩く。

「さてと、私たちも頑張らないとね。明後日の対抗戦」

「うん！」

五学年の私たちの対抗戦は、明後日だ。

アネットは私と代表戦に出るのに憧《あこが》れているので、私も頑張らないと。

「それに、五学年だからアレもあるしね」

「あぁ、アレね」

フランとアニエちゃんは頷《うなず》き合っているが、私はなんのことかわからず、首を傾《かし》げる。

「アレ？」

「サキは知らないの？　五学年は対抗戦の他にもう一つ行事があるのよ」

「え、何それ？　知らない！」

「学習発表会。生徒が自分たちで劇《げき》を作って、披露《ひろう》するの」

私はちょっと予想外なアニエちゃんの返答に、キョトンとしてしまうのだった。

二日後、私たちは苦戦することもなく対抗戦で優勝したんだけど、そのさらに翌日。

ホームルームで、先生が言う。

「は～い、皆さん。今年も対抗戦お疲れ様でした。今年もうちのクラスのサキちゃんはＭＶＰに選ばれたので、春の代表戦に出場しま～す。拍手《はくしゅ》～」

クラスのみんながパチパチと拍手してくれるので、照れてしまう。

「そして、皆さんにはもう一つ、学習発表会というイベントに参加してもらいます」

先生はそう言いながら黒板《こくばん》に『学習発表会』と書いたあと、その下にも何かを箇条《かじょう》書《が》きにしていく。その内容は先生の体に隠れて、よく見えない。

「毎年、五学年はこの学習発表会で劇の発表をしています。題材は毎年決まっています。皆さんのよく知る、勇者伝説です」

先生が少し横に移動すると、『アクアブルムの戦い』や『旅立ち』、『魔王との戦い』といったワードが全部で六つ書かれているのが見えた。

「各クラスがこれら六つのテーマの中から一つずつ劇にして、披露します。劇の内容、練習日程、演出に衣装《いしょう》まで全て皆さんで考えて作るんですよ？　そして私たちのクラスが披露するのは……『魔王との戦い』になりました～」

クラスのみんなが「おぉ～」と声を上げる。

いいテーマだったたってことかな……？

勇者伝説にあまり詳《くわ》しくない私は、共感できないので微妙《びみょう》な顔をするしかない。

「それではここからは、クラス長のアニエちゃんに引き継《つ》ぎますね」

先生はそう言ってアニエちゃんをニコニコと見つめる。

アニエちゃんは頷いてから、教室の前に出て話し始める。

「それじゃあここからは私が進行するわ。私たちのクラスは全員で二十人。必要な役割は作家、演者、衣装、小道具、演出……などなど。意外とやることは多いわ。だから、一人二つ以上役割があるって覚悟しておいて。で、早速だけどざっくりと決めていきましょうか」

「はい！　私は作家と衣装係でお願いします！」

いつもは控《ひか》えめなミシャちゃんが、すかさず手を挙げた。

その様子を見て、アニエちゃんが苦笑いしつつも頷く。

「適任だと思うわ。それじゃあ次に演者を――」

アニエちゃんが喋《しゃべ》り終える前に女子からフランの名前が、男子からは私の名前が挙《あ》がる。

「僕？」

「わ、私っ⁉」

フランはまんざらでもなさそうだけど、私は首を横にぶんぶんと振る。

「む、無理だよ！　人前で演技なんて無理！」

すると、フランとオージェ以外の男子から「えー」と声が上がる。

だけど、アニエちゃんは優しい声で私に聞いてくれる。

「それじゃあサキは何がしたい？」

「え？　えっと……え、演出とか……」

私が小さな声で言うと、アニエちゃんはサラサラと黒板に『演出：サキ』と書いた。


放課後。

今はミシャちゃんを除く四人で、研究所の私の部屋に集まっている。

あのあと、役割決めは順調に進んだ。

なぜか演出係の希望者は男子が多くて、アニエちゃんが困っていたけど……。

アニエちゃんは、呆れた声を上げる。

「それにしても、サキの人気はすごかったわね。あんなに演出希望者が多くなるなんて」

「え、そういうことだったの⁉　なんで……？」

フランが、ニヤニヤしながら口を開く。

「サキは僕らの学年のエースだからね」

「うー……みんなも早く強くなってよ……」

「手厳《てきび》しいっすね」

そんなオージェの言葉にみんなで笑っていると、扉《とびら》が開く。

そこには、本を数冊抱えているミシャちゃんがいた。

「お待たせしましたー。これがうちにある勇者伝説の本です」

いつも放課後はトレーニングをしているんだけど、今日は研究所で勇者伝説のおさらいをしようということになったのだ。

家に本を取りに行ってくれたミシャちゃんが席に着くのを待って、みんなにオラジのジュースを用意してから、話し合いスタート。

「それにしても、劇なんてどうやって作るんすか？」

「さぁ……？　去年誰か見に行った人はいるの？」

「いいえ。先生に聞いたんだけど、この行事を始めた時から、四学年より下の学年の子は見に行っちゃダメだって決まっているらしいわよ。先輩の劇を見ちゃうと、似たようなものになっちゃうからって」

フランの質問に、アニエちゃんはそう答えた。

なるほど、模倣《もほう》するんじゃなくて、自分たちでゼロから作ることを大切にしてるんだね。

「まず、皆さんは勇者伝説についてどこまでご存じですか？」

ミシャちゃんの質問に、アニエちゃん、フラン、オージェがそれぞれ口を開く。

「勇者パーティの伝承話をテーマに、何人もの作家さんが本を書いていて、それぞれ微妙に内容が違うのよね。私は一人の作家さんのしか読んでないけど、一応最初から最後までの流れはわかるはずよ」

「僕もそんな感じだね」

「俺は……」

「あんたはどうせ本なんて読まないでしょ」

アニエちゃんに図星を指されたようで、オージェがたじろぐ。

「うっ……た、確かに本は読まないっすけど、紙芝居《かみしばい》とか読み聞かせとかで内容は把握《はあく》しているつもりっすよ！」

「本当に～？」

疑わしげなアニエちゃんを見て笑いながら、フランが聞いてくる。

「ははっ。サキは？　どこまで知ってる？」

「私は正直、全然わかんないんだよね」

本はよく読んでいるけど、魔術書や、この世界や国のことについて書いてあるものばかりだったし。

「そうなんですか。それじゃあ一旦私が知っている内容を教えますから、そこからみんなですり合わせていきましょう。全部をすり合わせるとなると時間がかかりすぎちゃうので、今回は私たちの劇のテーマである『魔王との戦い』部分に絞《しぼ》ります」

それからミシャちゃんは一冊の本を手に取り、昔話を読み聞かせるような口調で語り出した。

◆

昔々、私たちが生まれるよりもずっと昔のお話です。

勇者一行は旅を続けていました。

前回の旅の傷《きず》を癒《い》やした勇者たちが向かうのは最初の街よりもっと北、一年中雪が降る街・リベリカ。

「ここがリベリカ……か？」

勇者は驚きのあまり、そう声を漏《も》らしました。

白い息も凍《こお》りそうな極寒《ごっかん》の中、勇者一行が目にしたのは、崩《くず》れた家々を、ボロボロの衣服に身を包んだ人たちが掘《ほ》り起こしている光景だったのです。

「いったい、何があったんだ」

「魔王が現れたのじゃ。街を壊し、怪我人《けがにん》も死人もたくさん出た。その上で魔王は、家々から食料と金を奪《うば》い、北にある城へと去っていった……」

勇者の疑問に答えたのは、一人の老人でした。

老人は瓦礫《がれき》を退《ど》ける手を止めず、目には涙を浮かべながら悔《くや》しそうな表情をしています。

勇者は、拳《こぶし》を強く握《にぎ》ります。

なんと惨《むご》いことをするのか、この街の人たちに、いったいなんの罪があるのか。

そんな思いを呑《の》み込み、勇者は老人の手伝いを始めました。

勇者の仲間たちも、手を貸します。

賢者は皆が寒くならないように空気を暖《あたた》かくする道具を作り、怪我も治しました。

戦士と弓士《きゅうし》と勇者は崩れた家の片付けと修復に当たります。


リベリカに住む人々は、数日で普通に生活できるようになりました。

勇者たちはテントの中で話し合いを始めました。

膝《ひざ》を突き合わせてリベリカの現状を整理したあと、勇者は仲間たちに言いました。

「明日、俺たちの本来の仕事をしよう」

勇者の言葉に、仲間たちは頷きました。

それから勇者たちは魔王が去っていったという北の城へと向かいます。

その道中、たくさんの魔物たちが現れますが……。

速さに秀《ひい》でた狼《おおかみ》の魔物は賢者の魔法で切り抜け、力の強い熊《くま》の魔物は戦士の剛力《ごうりき》で薙《な》ぎ倒し、空を駆ける鳥の魔物は弓士が正確に射抜《いぬ》きます。

やがて、とうとう勇者たちは魔王の城へとたどり着きました。

城の中に入ると、その最奥《さいおう》で玉座《ぎょくざ》に座る魔王が立ち上がり、口を開きます。

「クックク……よくここまでたどり着けたな」

勇者は剣を引き抜き、魔王に鋒《きっさき》を向けました。

「街の人たちにしたことは、許されることじゃない」

「だとしたらなんだ?」

「俺たちがお前を止める」

こうして、魔王との激《はげ》しい戦いが幕《まく》を開けました。

魔王は闇魔法が得意。そしてその一種である影《かげ》魔法は、大層強力でした。自在に形を変える影は時に鋭《するど》い槍《やり》に、時には強固な盾《たて》になり勇者たちを追い詰めます。

しかし、それより勇者を追い詰めたのは――

「この程度か？　勇者と言っても所詮《しょせん》は田舎《いなか》の街で大きいイカを倒しただけのガキか」

「はぁ、はぁ……お前、俺の仲間に何をした！」

魔王は狡猾《こうかつ》にも闇魔法で勇者の仲間の体を操《あやつ》り、勇者と戦わせたのです。

魔王の魔法に操られる仲間たちを、勇者は攻撃できません。

やがて勇者は、これまで何度も危機を救ってくれた戦士の剛腕によって倒されます。

もう殺されるのを待つのみ。意識が朦朧《もうろう》とし始めた勇者の耳に、聞いたことのない声が響《ひび》きます。

『大丈夫かい？』

「大丈夫な……ものか」

『怪我が痛むのかい？』

「俺の怪我なんて……どうでもいい。見ろ……仲間たちの苦しそうな顔を……意識を残したまま仲間と戦わねばならぬなんて……さぞ悔しいことだろう」

「誰と話をしているんだ？」

勇者のただならぬ様子に、魔王は問いかけました。

しかし、勇者には魔王に返事をする余裕《よゆう》も気力もありません。

『まだ動けるかい？』

「ぎりぎりだ……でも、動く」

『じゃあ、僕が力を貸そう。僕の名前を呼ぶんだ。僕の名前は……』

「……まあいい。やれ、貴様らの手で勇者を殺すのだ」

魔王が指を鳴《な》らすと、仲間たちは再び勇者に襲《おそ》い掛かります。

しかしその時、勇者が叫びます。

「シャイン！」

勇者の手に握られた剣が、輝《かがや》きを放ちました。

そのあまりの眩《まばゆ》さに、魔王は顔を覆います。

それだけではありません。光に照らされた仲間たちは、闇魔法から解放され、倒れたのです。

勇者は最後の力を振り絞って立ち上がり、再び魔王に鋒を向けます。

先ほどまでの余裕はどこへやら。魔王は慌てふためきながら、勇者に向かって影の槍を飛ばします。

勇者が剣で槍を払うと、槍は霧《きり》と消えました。

「これで終わりだ」

勇者は魔王が飛ばす影の武器を払い落としながら駆け、剣で魔王の胸を貫きます。

「かはっ……まさか、シャインに選ばれるとはな……。私は……貴様に負けたのではない……シャインに……光の精霊《せいれい》に負けたのだ」

魔王はそう言い残して倒れました。

勇者の皆を思う気持ちが光の精霊シャインを呼び、勇者たちの身を守ってくれたのです。

その後、勇者たちは奪われた金品を手にリベリカへと戻り、それらを住民へと返します。

街に戻った一行は住民からたくさんの感謝と称賛《しょうさん》の声を受けました。

しばらくリベリカで怪我と疲れを癒やすと、勇者たちは住民に旅立つことを告げます。

惜しまれながらも勇者たちはリベリカをあとにし、旅を続けるのです。

◆

「ふぅ、これが勇者伝説の『魔王の戦い』部分ですね」

ミシャちゃんは小さく息を吐いてから本を置き、オラジのジュースを飲んだ。

私――サキは拍手する。みんなもそれに続いた。

「うん、僕の知ってるお話とほとんど一緒だ」

「私も」

フランの言葉に、アニエちゃんが頷いた。

しかし、オージェだけ首を捻《ひね》っている。

「俺が知っているのとはちょっと違うっすね。確か勇者はもっとバシバシ剣術を使って魔王と戦ってた気がするっす」

「あんたが好きそうな内容ね……」

すると、フランが聞いてくる。

「勇者様は普通の剣士よりも大きな剣を使ってたっていうのは知ってるかい？」

「あ、うん」

オージェは以前勇者様に憧れて、武器を使う授業で振れもしない大きさの剣を使ったんだよね。

それで知った。

「戦士は、勇者様との力比べの結果、仲間になったんだよ」

フランの言葉にアニエちゃんが続ける。

「そ、どちらが大きい剣を振り回せるかっていうね。ほんと、今も昔も男子ってなんでそういうのが好きなのかしら」

「ふふっ、そこが可愛《かわい》いところだったりするじゃないですか」

ミシャちゃんがくすくすと笑いながらそう言うと、アニエちゃんは渋々《しぶしぶ》といった表情で頷く。

「まぁ、そうかもしれないわね。それはさておき、劇に落とし込むならミシャの話に沿って進めるのがいいかしら。剣劇もいいけど、魔法を使った方が授業の成果を活かせそうじゃない？」

「だとしたら、演出が重要だね。剣劇が少なくなるぶん、別のところで派手さを出さないと」

そんなフランの言葉を聞いて、アニエちゃんは顎《あご》に手を当てる。

「でも、役者が実際に魔法を放つなら、危ないからあんまり大規模な魔法は使えないわよね。迫力が出せるのかしら？」

「うーん……でも『魔王との戦い』をやるなら、やっぱり勇者様と魔王の戦いの迫力は重要な要素になりますよね」

「それならやっぱり剣劇多めのやつにするっす！」

「でも僕たちがちょっと剣劇を練習したところで、どっちみち迫力は出ないんじゃないかな？」

フランの指摘《してき》に、オージェは口を尖《とが》らせる。

確かに今から剣の稽古《けいこ》をしたところで、クオリティがそこまで上がるとは思えないかも……それに光の精霊の力を借りて魔王を倒すのに、剣劇がメインになるっていうのも、主軸がブレそう。

「大規模な魔法を、出演者以外が使うとか……？」

アニエちゃんの呟きを聞いて、オージェが手を挙げる。

「それなら、サキに横からドーンとすごい魔法を撃ってもらうっす！」

「役者に直撃させないようにはできるでしょうけど、会場が壊れちゃうんじゃないですか？」

ミシャちゃんは苦笑いしながら、そう口にした。

でも、オージェの言う通りドーンと大迫力な魔法を見せられたら、いいよね。

マジックショーみたいに……あ。

「そうだ」

私は思いついたことを紙に書いていく。

そしてそれをみんなに見せた上で、実演してみせた。

すると、オージェとアニエちゃんが興奮《こうふん》したように言う。

「す、すげーっす！　めっちゃかっこいいっす！」

「うん！　それなら会場が壊れることはないし、迫力も出るかも！」

そんな中、ミシャちゃんが心配そうに顔を覗《のぞ》き込んでくる。

「でも、それだとサキちゃん一人で演出をやらなくちゃいけませんし、大変じゃないですか？」

「ちょっと大変そうだけど……頑張る」

「あ、それじゃあ魔石工学を使った魔道具を地面に先に置いておくっていうのはどう？　ほら、初めて私がサキと模擬戦した時に使ってたやつみたいな」

「それならサキの負担も減るし、稽古もしやすくなるね」

アニエちゃんとフランの言葉に、みんなが頷いた。

そして、ミシャちゃんは胸の前で両拳を握る。

「じゃあ脚本も、うんとド派手なものにしても大丈夫そうですね！」

「ほどほどにしときなさいよ？」

そうアニエちゃんが言い、みんなで笑い合った。

そこからもみんなでどんどんアイデアを出し合った。

明日、クラスのみんなにもここで出たアイデアを共有して、意見を聞いてみよう。

こうやって行事をみんなで企画するのって、すごく楽しい！

2　王様へのお披露目《ひろめ》

劇についての話し合いをしてから、一週間後。

今日は、みんなでアメミヤ工房の私の部屋に集まっている。

「あぁぁぁ……どうしましょう……」

ミシャちゃんは、弱気な声を上げながら机に突《つ》っ伏《ぷ》した。

台本はあらかた作り終わったって言っていた気がするけど……。

「ミシャは何を悩んでるの？」

アニエちゃんの質問に答えたのは、オージェだった。

「衣装のイメージが固まらなくて悩んでるっす」

「なるほどね。いつも通り、ミシャのセンスに従って作ったらいいんじゃない？」

アニエちゃんが肩を叩いてそう言うと、ミシャちゃんはガバッと起き上がる。

「いいえ！　そういうわけにはいきません！　聞けば二組と四組は衣装にかなり力を入れてるらしいですから！」

「大丈夫よ。ミシャの服はどれもオシャレなんだし」

「んー……！」

そう口にしたアニエちゃんに再び肩を叩かれ、納得いかないといったように両手を上下にぶんぶんと振るミシャちゃん。

こういう時のミシャちゃんって、結構子供っぽいんだよねぇ。

「もっとこう……イマジネーションが刺激されるようなことがないと、ダメです！」

「わかったから、とりあえず落ち着きなさい」

「……そうします」

ミシャちゃんはそう言って、私に抱きつくようにして胸に顔を埋《うず》め、深呼吸する。

「えっと……ミシャちゃん？」

「サキちゃん成分を補給《ほきゅう》すると、落ち着きます」

ミシャちゃんはよくこう言って、私の匂《にお》いを嗅《か》いでくるんだけど……そんな特徴的な匂いがするの？

自分の袖《そで》をクンクンと嗅いでみる。

そんな一連の流れを見て、アニエちゃんは苦笑いしつつ口を開く。

「サキ……真面目《まじめ》に取り合わなくていいから。にしても、インスピレーションって言ってもねぇ」

「でもまぁ、台本は完成したんだからゆっくり考えられるわけだし、急ぐ必要はないよね」

フランはそう言うけど、ミシャちゃんは首を横に振る。

「ダメですよ！　服作りにおいては、時間なんていくらあっても足りないんですから！」

学習発表会はおよそ三ヶ月後。

準備期間である今は午後を劇の準備に充《あ》てられることになっているけど、午前中は普通に授業がある。確かに時間に余裕があるとは言えないかも。

ミシャちゃんが気合を入れて作るってことは、服の構造が複雑になるだろうし。

うーん……あ、そうだ。

「そういえばもう少ししたら、一週間お休みがあるよね」

私がそう言うと、アニエちゃんが怪訝《けげん》そうな顔で頷く。

「え？　えぇ、確か先生たちの研修があるとかで授業はお休みよ」

「それじゃあ、行ってみる？」

「どこに？」

「インスピレーションが湧きそうなとこ。劇の舞台になった街――雪の街・リベリカへ！」

私の提案に、四人ともが目を輝かせる。勇者について少し調べておいてよかった。

よし、決まりだね！


次の日。今日は学園がお休みなので、アメミヤ工房の作業場に来ている。

作業場には元孤児で、今はアメミヤ工房の従業員のキールもいる。

「それじゃあキール、このリストに載《の》っている魔道具を用意しておいてくれる？」

私が渡した紙を見て、キールの顔が青ざめた。

紙には劇で使う魔道具の設計図が書かれていて……確かにちょびっと？　作るのが難しい気はする。

「こ、こんな複雑なもん、簡単に頼んでくんなよ！　それに、なんだよこの量！」

キールはそう言って紙を突き返そうとするが、私はにっこりと笑う。

付き合いが長くなってきたこともあって、キールの扱いはなんとなくわかっているのだ。

「大丈夫、大丈夫！　今のキールならこのくらい余裕だって！」

「いやいやいや、さすがにこんなもんは……」

私はキールの言葉に被せて続ける。

「だってキールはすごい魔法陣を描くようになったたし、お客さんからの評判もいいし……確かにこれは少し難しいかもしれないけど、今のキールならできるって私は思うんだ」

キールはその言葉に、にやにやする。

「そ、そこまででもないぞ。俺なんてサキ姉《ねえ》と比べたらまだまだだし……」

くっ……もう一押しか……。攻め方を変えよう！

「そっかぁ……それじゃあしょうがないね」

私が紙を手に取ると、キールは少しホッとしたような表情になる。

だけど、私はまだ諦めてないんだよ！

「あーあ、せっかくこれ全部できたら、キールに特別ボーナスを出しちゃおうと思ったのになぁ」

キールがピクッと反応する。

街から連れ出してもらった感謝が大きすぎたのだろう、キールは最初家に来た頃は『お金なんていらない！』って感じだった。

けど、働くことを覚えてからは意外とお金の管理を徹底するようになったんだよね。

「ち、ちなみにどんくらい出る予定だったんだ……？」

お、かかった！

金額をそっと耳打ちすると、キールは少し驚いてから真剣な顔つきになる。

頭の中で計算しているんだろう。

「でもまぁ、キールが無理って言うならしょうがないね……」

「ちょ、ちょっと待てよ、サキ姉！」

私がその場を去ろうとすると、キールが引き留めてくる。

そして、紙を私の手から奪い、言う。

「そ、そういえば今の案件が予定より早く終わりそうなんだった！」

「そうなの？」

「お、おう！　だからこれ、やれるぞ！」

「ありがと！　それじゃあ私は、これからレオンさんと王城に行ってくるね！」

そんなタイミングで、レオンさんの声がする。

「サキ、準備はできたかい？　そろそろ時間だよ」

「はーい！　今行きます」

今日は王様たちに新しく作った商品を見てもらい、王城へ行く用事があるのだ。

私はニコニコでレオンさんの元に小走りで向かい、目がお金マークになってるキールを残して王城へ向かうのだった。


そこまで距離もないし、レオンさんと一緒に歩くのが好きなので、王城へは徒歩で向かうことにした。

「キールとずいぶん楽しそうに話していたね。何を話していたんだい？」

「ちょっと頼み事をしたんです。学習発表会の小道具を魔石工学を活かして作れたら面白いかなって思って」

私がキールに頼んだのは三十センチ四方の布状の魔道具。踏むと闇魔法が発動するようにしてもらうつもりだ。

布を置いた位置さえ覚えてもらえば、演者に演技に集中してもらいつつ演出を加えられるだろう。

「あぁ、なるほどね。劇か……懐《なつ》かしいな。無理やり勇者役をやらされたのを覚えてるよ」

「ふふ、なんとなく想像できます」

「サキも演者をやるのかい？」

レオンさんの質問に、全力で首を横に振る。

「まさか！　私は裏方でいいんですよ。まぁ男子から名前を挙げられてしまいましたけど……」

「はは！　名前を出した男子の気持ち、わからなくはないなぁ」

「えぇ……？」

楽しげに笑うレオンさんに対して、私は首を傾げた。


それからも他愛《たあい》のない雑談を続けていると、あっという間に目的の王城に到着。

門を潜《くぐ》り、王様の部屋に行くと王様と王妃様、二人の娘で私の弟子《でし》でもあるプレシア、パパとママが待っていた。

「おう！　お前ら、よく来たな！」

よっ、と手を挙げる王様を見て、『この王様っぽくない振る舞いにも慣れてきたなぁ』としみじみ感じる。

王妃様はおでこに手を当てて、「はぁ」と息を大きく吐いているけど。

……王妃様も大変だなぁ。

ちなみにプレシアは苦笑いしている。

「今日はわざわざありがとう」

気を取り直してそう口にした王妃様に続いて、王様が身を乗り出す。

「早速何を作ったか見せてもらおうか」

内心張り切りつつ、口を開く。

「ここじゃ狭いので、外でお見せしてもいいですか？」

「狭い？　そんなに大きなものなのか？」

「大きい……といえば大きいですけど」

「見た方が早いってことだな。よし、庭に行こう」

こうして私たちは庭へと移動した。

私は収納空間から、新商品を取り出す。

「これは……馬車か？」

「でもお父様、お馬様をつけるところがありません」

「それに車輪が見たことないほど大きいですね」

そう口にした王族三人と、パパとママも私の取り出した道具を興味津々《きょうみしんしん》といった様子で見ている。

「サキ、これは？」

代表して聞いてきた王様に、私は答える。

「これは馬を使わない馬車……自動車です」

レオンさん以外の人が首を傾げた。

そう、新商品は魔力をエネルギーとして走る車。

遠出をしたくても馬車を使うとなると、どうしても移動できる距離に限界があるからね。

見た目は車高が高めの四角いただの自動車って感じだけど、いろいろ工夫してある。

王様は最初こそ戸惑っていたようだが、すぐさま聞いてくる。

「馬を使わない……ってことは、こいつは自走するのか？」

「そうです。なんなら自動的に目的地に向かうことだってできるんですよ。乗ってみます？」

「おう！　扉がいくつかあるようだが、どこから乗ればいい？」

「そうですね……まずは私が運転してみますので、隣《となり》に座ってみてください」

「わかった」

頷く王様の隣で、プレシアが手を挙げる。

「私も前に乗りたいです！」

「それじゃあ僕たちは後ろに乗りましょうか」

レオンさんの言葉に、王妃様が頷いた。

「そうですね」

こうして王様とプレシアと私は前方の席に、他の人たちは後部座席に乗り込んだ。

「この扉はなんですか？」

運転席に座る私の隣――助手席に座る王様の膝の上にいるプレシアが、後ろにある扉を指差す。

前世の車と違い、この車は前方と後方のスペースが扉によって区切られているのだ。

「この扉を開けると、レオンさんたちがいる後ろの席に繋《つな》がってるんだよ。中がちょっと特殊《とくしゅ》な作りになってるから、扉で分けてるの」

「なるほど……あとで後ろにも行ってみてよろしいですか？」

「もちろん。ぜひ感想を聞かせてね」

「それより、早く動かしてみよーぜ」

王様は待ちきれないって感じだ。

ちょっと苦笑いしながら、私はブレーキを踏みつつスイッチを押す。

この車はガソリンの代わりに魔力で動くから排気ガスが出ないし、音もとても静かだ。

「それじゃあ行きますね」

ブレーキを離すと、車はゆっくりと動き出した。

「すごいすごい！　本当にお馬様がいないのに動いてます！」

そんな風にはしゃぐプレシアと対照的に、王様は少し不満げ。

「確かにすげえが……ちょっと遅くないか？」

「お庭でスピードを出しすぎたら危ないですからね」

一応前世ではゴールドの運転免許を持っていた。道路交通法を守って安全運転を心がけてきた成果である。それは、今も変わらない。

それに、王城のお庭は広いけど、教習所ほどではないのでそもそもあまりスピード出せないし。

「もっと広いところならいいのか？」

「ええ、そうですね」

「それじゃあ、もっと広いところに行くぞ！」

「え⁉」

王様が指を鳴らすと、一瞬でどこかの広野《こうや》に移動していた。

ついでに私と王様の席もなぜか入れ替わっているし……なんだか嫌な予感がする。

「さっき見た感じ、こっちを踏むと進んで、こっちで止まれるって感じだな」

「ちょ、ちょっと王様⁉」

「いくぜ！」

王様がアクセルをグイッと踏むと、車はすごい勢いで走り出した。

◆

サキが王様とプレシア様とともに運転席の方へと向かうのを見送ってから、僕――レオンは後ろの席の扉を開けて、王妃様たちに乗るように促《うなが》す。

「レオン、これは……どうなってるの？」

自動車の中を見て、王妃様は驚いたようにこちらを振り返った。

王妃様はサキの作った空間拡張型馬車を見たことなかったか。

そう、後部座席はサキの開発した空間魔法によってびっくりするほど広くなっているのだ。

「サキの開発した魔法で空間が広がっているんです。広さはサキ曰く『十二ジョウのワンエルディーケー』だとかなんとか……」

正直その単位が何を示すのかは正確にはわからないが、とにかく広いのは一目瞭然《いちもくりょうぜん》だ。

そして、設備だって充実している。

まず、部屋の中央に設《しつら》えられた長方形のテーブルを挟んで二人掛けソファが向かい合わせに置かれている。そして、キッチンに当たる区画には簡易な食器棚《しょっきだな》と調理器具の入った引き出し、食材の入った冷蔵庫と棚、部屋の奥にはベッドが二つもあるのだ。

今から旅に出ても快適《かいてき》に過ごすことができることだろう。

「これは馬車というよりも、家を一つ運んでいるようなものじゃないですか」

王妃様の言葉に、僕は微笑みながら頷く。

「まぁ、そうとも言えますね。あ、お茶を飲まれますか？　淹《い》れてきますよ」

僕は王妃様とフレル様、キャロル様に「ソファに座っていてください」と伝えてキッチンへ向かう。

魔力ポットに水を入れて沸《わ》かしつつ、食器とお茶菓子《がし》をトレーに載せて、と。

すると、すぐ後ろから声がする。

「レオン、これは？」

「これは『水を入れてあっという間にすぐにお湯ポット』です」

王妃様、気になって待っていられなかったんだな。

僕は説明しつつも棚の中の缶から人数分のティーバッグを取り出して、カップに一つずつ入れる。

「これは？」

「これもサキが作った『ティーバッグ』というものです。これにお湯を注ぐだけで、紅茶を淹れられます」

そう言いつつお湯をカップに注ぐと、お湯は瞬《また》く間に綺麗《きれい》な赤茶色に染まる。

僕はトレーをフレル様とキャロル様の待つテーブルへと持っていく。

王妃様が席に着いたのを見て、僕もソファに腰を下ろす。

「こちらのティーバッグは、一分ほど待って取り出してください。あと、お茶菓子もどうぞ」

お茶菓子として選んだのは、クッキーだ。

そのクッキーを王妃様は不思議《ふしぎ》そうに見つめてから、質問してくる。

「この黒い粒々《つぶつぶ》はなんですか？　焦《こ》げているわけではなさそうだけれど」

「それは、『チョコレート』というお菓子らしいです」

「初めて聞くわね。それもサキが？」

「はい」

僕の返事を聞いて、王妃様はクッキーを一つ手に取り、齧《かじ》りつく。

「な、なんですかこれは！　ねっとりとしていて甘く深みのある味……サクサクとした食感のクッキーとよく合います！」

あぁ、そういえば王妃様は無類の甘党だったなぁ。

甘いもの好きからすれば、このチョコクッキーは確かに魅力《みりょく》的かも。

それなら……。

「王妃様、もしよろしければ紅茶に手を加えてもよろしいですか？」

「え？　えぇ」

僕は、王妃様のティーカップを持ってキッチンに向かう。

確かここに飲み物用のミルクと砂糖《さとう》が……あったあった。

この前サキがキールの妹のアリスに作ってあげて、好評だったんだよね。

僕は紅茶にミルクと砂糖を入れ、再びテーブルに戻る。

「どうぞ、ミルクティーです」

「ミルクティー？　これも初めて聞いたわ」

「飲んでみてください。とても美味《おい》しいですから」

王妃様がミルクティーを一口飲むと……彼女の顔が優しく綻《ほころ》ぶ。

「なんてまろやかなんでしょう。キャロルも飲んでみたらいいわ。すごく美味しいから」

「私は飲んだことがございますよ、王妃様。サキは新しいものができると、すぐに私かフレルのところに持ってきますので」

「あら、そうだったの？　こんな美味しいものがあるなら、私にも早く教えてくださいな！」

そう言いながら王妃様がミルクティーをもう一口飲もうとした瞬間――部屋が大きく揺《ゆ》れる。

それにより、ミルクティーが少し零《こぼ》れてクッキーにかかった。

王妃様、ちょっと残念そうな顔をしている？

「なんの揺れだい？」

フレル様がそう聞いてくるけど……。

「……この空間はかなり揺れを軽減する作りになっているんですが……」

どうやら車は今、止まっているみたい。

何があったか確認するために、僕たちは運転席の方へ向かった。

◆

「おー……あっぷねぇ」

「うー……頭がくらくらします……」

「もぉ……だからもっとスピード落としてってって言ったじゃないですか！」

私――サキがプレシアに回復魔法をかけつつ怒ると、王様は「わりーわりー」と軽く謝る。

王様はどこかの広野にテレポートしてから、ずっと暴走運転をしていたのだ。

大きな岩にぶつかりそうになったところで急ブレーキを踏んでどうにか止まったのが、今。

それにしても、王様はなんで運転が初めてなはずなのに、ドリフトなんてできるの……。

シートベルトをしていたから飛ばされはしなかったものの、私もプレシアも体が小さいからあっちこっち振り回されて、気持ち悪くなってしまった。

回復魔法でどうにかできるけど……そういう問題じゃない！

そもそも今のも岩にぶつかりそうになったのをブレーキサポートが作動して止まれただけで、そうでなかったらぶつかっていた可能性だってあるのだ。

だというのに、王様は懲《こ》りもせずに腕をまくる。

「よぉっし！　今ので大体コツは掴んだぜ！　次はもっと上手く曲がってやる！」

「いやいや！　ただ曲がるだけでいいんです！　ドリフトなんかしなくていいんですって！」

「何言ってんだ。ドリフトってのはよくわからんが、お前の言う通りに曲がってもスピードが落ちるだけじゃねーか！」

「だからそもそも曲がる時はゆっくりなのが普通なんですってば！」

「何をしているのですか……？」

私と王様とプレシアは、背後からかけられた声に、ビクッと体を強《こわ》ばらせる。

そして、三人揃《そろ》ってゆっくりと後ろを向く。

そこには明らかに怒り心頭の王妃様の姿があった。

「サキ、なぜ王様が運転席に？　あと、先ほどまで王城の庭にいたはずですが？」

「え、えっとぉ……」

ど、どうしよう……王妃様に怒られたくはないけど、本当のことを言ったら王様があとで大変な目に遭《あ》いそうだし……。

私がなんて言おうか迷っていると、プレシアがそっと耳打ちしてくる。

「先生、ここは正直に言った方がいいかと」

「え、でも……」

「お父様なら大丈夫です。いつものことですから。それに……先生はちゃんとお父様に注意していましたし、悪くありません」

娘にこんなこと言われる王様って……。

よし、ひとまずさっきあったことを思い返して判断しよう。

『王様！　もうちょっとスピード落としてください！』

『いいっていいって！　誰もいねーんだからよ！』

『そういうことじゃなくてぇ！』

とか……。

『だから、曲がる時はブレーキ踏んで！』

『ブレーキ？　おぉ、これか？』

『なんでドリフトしてるんですかぁ！』

『確かにこれはさっきより気持ちいいな！』

『曲がるのに気持ちよさなんていらないんですってぇ！』

……うん、私はやるべきことをちゃんとやってるね。

「どうしたんですか？」

王妃様に再び問いかけられたので、私は淡々《たんたん》と王妃様に答える。

「王様が『スピードが出せないから』って自動車をここにテレポートさせ、私と席をチェンジして、それからずっと暴走運転をしてました」

「ちょっ、サキ……テメェ！」

焦ったように詰めよろうとする王様に、王妃様が怒鳴《どな》る。

「やっぱりあなたが原因ですかぁ！」

「お、おい……フィリス、落ち着けって」

「これが落ち着いていられますか！　あなたのせいで私の優雅《ゆうが》なひと時が台無しです！」

「それじゃあ王妃様は後ろの席で王様にお説教するということで。次は僕たちが前に乗らせてもらいましょう」

「お、おい！　フレル！」

「行きますよ！」

「誰か助けっ――」

そのまま王様は、後部座席へと王妃様に引きずられていった。

その後は私が運転席に座ってパパとママに車の説明をしながら運転したり、自動運転を見せたりしたんだけど……楽しかったぁ。

レオンさんに運転しているのを見られるのはちょっと緊張したけど。

しばらくして、王妃様の説教が終わったので私たちは王城にテレポートで戻ってきた。

日はすでに落ちかけているので、私は王城前でレオンさんと別れ、パパとママと一緒に馬車で帰ることにした。ちなみにアルベルト家の馬車はすでに私が開発した空間拡張型馬車になっているので、かなり快適だ。

ママは紅茶を一口飲み、微笑んで言う。

「それにしても、サキちゃんの開発は、とどまるところを知らないわねぇ。ティーバッグもチョコレートも、王妃様にすごく好評だったし」

「まだまだいっぱい作りたいものがあるよ」

「ふふ……期待してるわね」

「でも、おかげで王都で暮《く》らす人たちの生活も豊《ゆた》かになっていってるよ」

パパの言葉に対して、ママは嬉しそうに言う。

「そうね。それに、最近は女性が働いている姿もちらほら目にするようになった気がするわ」

「そうなの？」

私が聞き返すと、パパが力強く頷く。

「うん、サキが作ってくれた、自動で動く家具のおかげで家事に割《さ》く時間が減って、働きに出られるようになったんだってさ」

そうなんだ。よかった、私の作ったものがいろんな人の役に立ってくれて……。

アメミヤ工房の収益も安定してきているし、受け入れてもらえているんだって感じる。

これでキールとアリス、ティルナさんを養《やしな》っていけるよ。

ティルナさんは冒険者パーティを追い出されたところを強引にお店に勧誘したような感じだったし、これで給料が払えなくなったら申し訳なさすぎるもん。

そう思っていると、パパが愚痴《ぐち》を零す。

「あーあ、もう少し僕の仕事も楽になってくれたらなぁ」

「こーら、仕事の愚痴を子供の前で言わないの」

「ごめんごめん」

ママに軽く怒られて、パパは笑いながら謝った。

仕事のことを子供たちの前で話すと、ママがいつも注意するんだ。

なんでも、かっこいい親であるためとかなんとか。

でも、聞いちゃったからには私もパパの役に立ちたい……。

「たとえば、どうすれば楽になる？」

「ほら、サキちゃんが興味持っちゃったじゃない」

ママが「もう！」と頬を膨《ふく》らませる。

そんなママに苦笑いしながら、パパは答えた。

「そうだなぁ……。文字が速く書ける道具とか、遠くにいる人に紙を送れる道具とか……同じ書類を複数作り出す道具とかがあると便利だな、とは思うよ。どうしても書類仕事が多くてね」

そう言ってパパは、利《き》き手の手首をほぐすように回している。

なるほど……やっぱりデスクワークはどの世界でも大変なのか。

「ワープロとプリンターがあれば……」

私がぼそっと呟くと、パパの目が輝いた。

「まさか、仕事のための魔道具を作れるのかい⁉」

「わからない……でも、それができたらパパは嬉しい？」

「もちろんさ！　時間があればいろいろ家のこともできるしね」

私はちょっと考える。

時間ができる↓パパが家族に時間を使うようになる↓パパと遊ぶ時間が増える！

「わかった！　私、頑張る！」

「あぁ！　期待してるよ、サキ！」

「……大丈夫かしら」

ママはそう言ってため息を吐いたけど……やってやるんだから！


車を王様たちに見せた次の日、私は研究室で頭を抱えながら机に広げられた紙と睨《にら》めっこしていた。そこにはワープロとプリンターに使う魔法陣が描いてある。

「あああぁぁぁ……なんで上手くいかないのぉ……」

昨日パパに言われた道具……ワープロとプリンターの製作に着手したはいいものの、試作品が上手く動かなかったのだ。

モニターとプリンターは問題なかった。光魔法を使えばガラス面に情報を表示させるなんて余裕だし、文書を刷《す》り出すのだって、炎魔法で紙を燃えない程度の火力で焦《こ》がせばいいんだから。

問題は、キーボードだ。

この世界の文字は日本語と英語を足して割ったような感じ。

五十の文字に濁点《だくてん》や半濁点、小文字なども使って単語を作り、それらを並べて文章にするのだ。

とはいえ前世のキーボードを応用して作るだけなんだけど……モニターと接続して文字を打ち込むと、モニターが落ちてしまうのだ。

原因がいまいち掴めず、こうして頭を悩ませている。

「魔力が足りない……？　それとも魔法陣のどこかが欠けているとか？」

ぶつぶつ呟いていると、食器の音がした。

横を見ると、アリスが邪魔にならないところへティーカップを置いたところだった。

彼女は私と目が合うと、ニッコリと笑う。

「ミルクティーを淹れてきたよ、サキお姉ちゃん」

「ありがとう、アリス」

私は一旦考えるのをやめ、カップを手に取る。

ミルクティーを一口飲むと、ほんのりとハチミツの香りと甘味が口に広がって、ホッとする。

「アリス、紅茶を淹れるの上手くなったね」

「えへへ……お兄ちゃんに教えてもらいながら、たくさん練習したんだよ」

アリスは照れくさそうに笑い、視線を魔法陣に移した。

「新しい道具？」

「そうなの。なかなか上手くいかなくて……」

アリスが「見てもいい？」と聞いてきたので頷くと、彼女は魔法陣をじっと見つめる。

キールもアリスもすっかり文字を覚えて、今やアメミヤ工房の主力。

アリスは最近、プレシアから本を借りて読んでは感想を言い合うなんてこともしているらしい。

うん、教え子同士で仲がいいのは、いいことだ。

そんな風に考えていると、顔を上げたアリスが言う。

「これ、魔力の消費すごそうだね」

「うん。やっぱり魔石じゃ再現できないのかなぁ……」

魔石工学を使えばなんでもできるように思えてしまうけど、実はそうではない。

魔石内に込めた魔力量を消費量が超えると、術式が機能しないのだ。

だから、商品として売り出している道具にしたって、術式をなるたけシンプルにしつつ魔力の消費量を減らして長持ちするようにしている。

アリスも魔石工学の勉強をしてるだけあって、ちゃんとそのあたりがわかっているのだ。

「やっぱり大きめの魔石を使うしか……でもそれだとコストがなぁ」

私がそう零すと、アリスは術式を指差して言う。

「このもにたー？　っていう方の回路には魔力的な余裕があるから、そっちの負担を増やしたらどう？　きーぼーど？　の方は文字を打ち込むだけにして」

なるほど……確かにこれまでキーボード内で文字を形作り、モニターの方へと送るようにしていた。でも、モニターが文字を吸い上げるようなイメージで術式を組めば、キーボードの方の魔力消費が抑えられるかもしれない。

「うん、いけるかも」

「ほ、ほんとに？」

「やってみないとわからないけどね。アリスも手伝ってくれる？」

「うん！」


アリスと魔道具開発を始めて三日後。

私とアリスは、アルベルト家のお屋敷の私の部屋にいた。

パパとママにも事前に声をかけて、集まってもらっている。

「パパ、前に言ってた道具ができたよ」

「文字を早く書けるようになる道具かい？」

「うん！　私とアリスの力作なの」

そう言って、私はアリスにニコッと笑顔を向ける。

アリスは少し緊張してるのか、顔を伏せてしまった。

ママが聞いてくる。

「それで、これはどうやって使うのかしら？」

「それじゃあやってみるね」

私は机に置いてあるノートＰＣに似せた魔道具の前に座り、キーボードをカタカタと打ち始める。

「この文字のボタンを押すと、画面に文字が出てくる。こっちのスペースキーっていうボタンで文字と文字の間に隙間を入れられるから、単語ごとに区切れるの。それで……」

私はあらかた使い方を説明し終えたところで、並行して作っていたマウスで印刷ボタンをクリック。すると、横に置いてあったプリンターから今打ち込んだ文が印字された紙が出てきた。

私は出てきた紙を確認してから、パパに渡す。

「印刷っていうの。文字の大きさとか、あとは一行に何文字まで入れられるかとかも決められるんだ。どうかな？」

パパは紙を見てから、私を抱きしめてくれた。

「素晴《すば》らしいよ……これがあれば今の何倍も速く作業ができる……」

パパの目には、うっすら涙が浮かんでいた。

そ、そんなに嬉しいんだ……。

「サキちゃん、こっちはなんの道具？」

そう言ってママは私が近くに置いておいた箱二つを指差した。

私はそのうちの一つに、さっき刷り出した紙を入れる。

「これは私が作った転送機だよ。この紙をこの箱に入れて、ボタンを押すと……ママ、そっちの箱開けてみて」

ママが箱を開けるのに合わせて、私も手元の箱を開ける。

すると、私の持っている箱の中には紙が入っておらず、ママの方の箱に紙が入っていた。

「こうやって紙を箱の中で行ったり来たりさせられるの。ちゃんとパパのために五つ作ってあるよ」

私は収納空間から追加で箱を取り出す。

前に携帯電話的な魔道具――イタフォンを作ってあげた時も五つ頼まれていたから、必要だろうなと思ってね。

「こ、これがあれば常に他の貴族家とスムーズに仕事の書類のやり取りができる……」

パパはブツブツと呟いている。

でも、まだ終わりじゃないんだから！

「それとね。こっちのプリンターにこうやって紙を挟んでこっちのボタンを押すと……」

私はプリンターのトレイカバーを開けて紙を挟み、ボタンを押す。

すると元の紙と同じ内容が書かれた紙がもう一枚出てきた。

「これはさっきの印刷？　と何が違うのかしら？」

「さっきの印刷はこっちの魔道具で打ち込んだものを紙に印字してるんだけど、これは挟んだ紙と同じものを印字してるの。だから自分で書き込んだ手書きの紙だってたくさん作れるんだ！　会議では同じ資料があった方が、みんな理解しやすいでしょ？」

パパが会議のあとに、『あの貴族の話はわかりにくい。皆に資料を配ってくれればいいんだけど……』ってママに愚痴っているのを、部屋の前で聞いたことがある。

会議の資料は基本的に作ってきた本人と、王様などの位がかなり上の人間にしか配られない。

その理由は長い文章が書かれた紙を何枚も作り出すのは、とても手間がかかるから。

『貴族なのだから使用人に一緒の内容のものを書いてもらえばいいのでは？』と思ったがネルに『位が上がれば上がるだけ、使用人にも見せられない情報を扱うことになるのでは？』と言われてしまった。

「サキ……僕は、僕は感動している！」

パパはそう言うと、私を抱っこしてくるくる回り出す。

「本当に素晴らしいよ！　まさに僕に必要なものが、全て詰まっている！」

「ちょっとフレル、はしゃぎすぎよ」

あまりにパパのテンションが上がりすぎていたから、ママが宥《なだ》める。

私はもう少し、喜ぶパパに抱っこされててもよかったんだけど……。

下ろされちゃったらもう一回強請《ねだ》るのは気恥ずかしいし、別のことをお願いしようっと！

「そ、それでね。これの費用と、あと私とアリスにご褒美《ほうび》が欲しいなって……」

「もちろんさ！　サキ、それにアリスもなんでも言ってごらん。僕にできることならなんでもするよ」

パパならそう言ってくれると思ってたよ！

実はご褒美の内容はもう考えてある。

その内容は――。


「ふんっふふーん♪」

私はハミングしながら車に付与する魔法陣の仕上げをしていた。

「またすごく細かい魔法陣だねぇ」

後ろを向くと、ティルナさんが私の手元を覗き込んでいた。

「はい！　九人も乗るので、うんと広くしないと！」

私はそう答えて、馬車に向き直る。

昨日、パパに贈り物をしたご褒美としてみんなとリベリカへ旅行に行くお許しをもらったので、私は今、その旅行で使う車を作っているのだ。

さらに今回はいつものみんなだけでなく、アネットとレオンさんも一緒に行くことになった。

ティルナさんとアリス、キールにはお店のお留守番《るすばん》をお願いしている。ちなみにアリスには先日のご褒美として大衆小説のシリーズを全巻買ってもらえるよう、パパに頼んだ。

「それにしても、許可が出てよかったです」

「アリスちゃんから半分脅《おど》しだったたって聞いたよ？」

「そ、そんなことないですよ」

パパが『護衛もつけずに、アネットまで一緒に旅行に行くのは危険だ』と渋ったので、『許してくれないなら魔道具を魔法で吹き飛ばしちゃうよ？』って言ったんだけど……確かに脅しではあったね。反省、反省。

でも結局『ならせめてお世話役と護衛を一人ずつ付けなきゃ許さない』ってことになって、私のお付きのメイドであるクレールさんと、その旦那《だんな》さんで騎士《きし》のクリフさんを指名させてもらった。

「まぁ、サキちゃんとレオンくんがいるなら普通の護衛や冒険者を連れて歩くより安全な気がするけどねぇ」

「人数も多くなりますから、念には念をですよ。それに、クレールさんとクリフさんは一緒に旅行する機会なんてそうないでしょうから、むしろ結果オーライだったかも」

「あぁ、それもそっかぁ」

二人には新婚旅行をさせてあげたいなって思っている。

なんでもこの世界の人たちにハネムーンの習慣はないらしく、結婚の日だけお休みをもらって、その次の日からはいつも通りの生活に戻るらしい。

でも、クレールさんにはうんと幸せになってほしいもの！

「よし、できた」

最後の仕上げが終わったので、道具を収納空間へしまってからティルナさんの方を向く。

「そんなことより、ティルナさんはどうなんですか？」

「え？」

今日、街でティルナさんが冒険者の男の人と二人で歩いていたって情報を入手してるんだよね。

おそらく、前に一緒のパーティだったテッタルさんかロイヤーさんのどっちかだとは思ってるんだけど……。いや、ティルナさんのスペックなら恋人なんていくらでも作れそうだ……寄ってくる男はいっぱいいそう。

「私にそんな相手いないよぉ。こんな田舎娘《いなかむすめ》を相手にする人なんて滅多《めった》にいないって」

そう言って笑うティルナさん。

これは……自覚なしだ。

こんなスタイルが良くて性格も可愛い人が、そうそういるわけないのに。

それはさておき、ティルナさんがここにわざわざ来たってことは何か用事があるんだよね？

「そういえば、私に何か用でしたか？」

「あ、そうなの！　さっき街に買い物に行った時にね、テッタルさんに偶然会って、美味しいって評判のお店のシュークリームをもらったの。一緒に食べたいなって」

ニコニコで話すティルナさん。街で一緒に歩いていたのは、テッタルさんだったみたい。

私はちょっとティルナさんのことが心配になってしまい、ぎゅっと抱きしめた。

「ティルナさん、お菓子を渡されても、知らない人についていっちゃダメですよ？」

「私もう二十代だよ!?」

ティルナさんに変な人が近づかないように、ちゃんと気を付けなきゃ、と改めて思う私だった。

3　出発の日

いよいよ今日は旅行出発の日。待ち合わせ場所はアメミヤ工房で、九時集合だ。

今の時刻は八時五十五分だから、もうほとんどみんな集まっているんだけど……。

「あ、来た来た」

そう口にしたアニエちゃんの視線の先を追うと、小走りでこちらに向かってくる影が二つ見えた。

やがて工房の前に到着した二人――ミシャちゃんとオージェは、息を荒くして膝に手をつく。

「ご、ごめんなさい……オージェくんがなかなか起きなくて……はぁ」

「いや……はぁ、楽しみすぎて昨日全然寝付けなかったんすよ……ぜぇ」

笑って誤魔化《ごまか》そうとするオージェを、アニエちゃんが呆れ顔で見つめる。

「あんた、この旅行中に一回でも寝坊してみなさい……置いていくからね」

「じょ、冗談すよね？」

オージェがそう言って私たちの方を見るが、誰も何も言わない。

それを見て、オージェの顔は青ざめていく。

「ま、まぁまぁ。オージェくんも悪気があったわけじゃないんですから、ね？」

さすがに可哀想になったのか、クリフさんがアニエちゃんを宥める。

アニエちゃんは「はぁー」と息を吐いた。

「クリフさんに免じて許してあげるわ。早く行きましょう」

「た、助かったっす！　クリフさん、ありがとうっす！」

そんな件《くだり》がありつつも、車の後部座席へ。

みんなが乗り込んで、残るは私とクレールさんとクリフさんだけ。

私が車に乗ろうとした瞬間——お見送りに来てくれたママの声がする。

「クレール、クリフ。役目も大事だけど、二人で楽しんできなさい」

それからママとパパは優しい笑みを浮かべた。

クレールさんは一瞬泣きそうな顔をしたけど、それを誤魔化すようにクリフさんと二人で頭を下げた。

「必ず皆様をお守りいたします」

「お気遣い、感謝いたします」

「うん、みんなのことを頼んだよ」

パパはそう返した。

そんなやりとりを見て、私もニコニコで車へと乗り込む。

すると、アニエちゃんに不思議そうな目で見られてしまう。

「サキ、何かいいことでもあったの？」

「え？　ううん、なんでもないよ」

私はそう答えて、部屋の奥へ。

そこでは、ミシャちゃんが感嘆《かんたん》の声を上げていた。

「わぁ！　素敵なお部屋です！」

「それじゃあみんな乗ったところで、部屋の説明をするよ～」

私がそうみんなに言うと、クリフさんが駆け寄ってきて、膝をつく。

「それじゃあ、俺は運転席の方におりますので」

「うん。運転よろしくお願いします、クリフさん」

クリフさんにはあらかじめ車について説明しておいたから、王様のように暴走はしないはずだ。

まぁ今回はちゃんと目的地があるから、王都を出たら自動運転にするのだけど。

クリフさんが部屋を出ていくのを見送ってから、私は再度みんなの方を向いた。

「それじゃあまずはこの部屋ね。ここはみんなでお話をしたり、ご飯を食べたり……要はなんでもできるリビングルームね。基本的にはみんなここにいることになると思う。そしてそこの扉を開けるとキッチン、そっちがお手洗い。あっちがお風呂《ふろ》。あ、お風呂はちょっと申し訳ないんだけど男女で分けられなかったの……だからこの『男』『女』って表裏に書いてある札を使って、今どっちが使っているかを明確にするように」

それから私は、部屋の左奥にある扉を開ける。

「ここが男子部屋だよ。レオンさんとフランとオージェが使うお部屋だね」

「いい部屋だね」

「おー！　ベッドもふかふかっすー！」

男子部屋は深い青色の壁《かべ》にフローリングという、落ち着いた雰囲気《ふんいき》の部屋になっている。

ベッドにはそれぞれ小さめの机もついていて、ホテルの三人部屋って感じ。一応トイレと簡易《かんい》的なシャワーもついている。

「あれ？　クリフさんはどうするの？」

アニエちゃんがそう聞いてくるけど、ちゃんと考えていますとも。

「あぁ、それは大丈夫。とりあえず次のお部屋を案内するね」

私たちは男子部屋を出て、隣の部屋へ向かう。

扉を開けると桜色《さくらいろ》の壁に、男子部屋よりも明るい色のフローリングの部屋がある。

「こっちが女子部屋ね。私とアニエちゃん、ミシャちゃんにアネットが使うお部屋。ベッドの数が違うだけで、ほとんど男子部屋と同じ作りになってるから」

「あ、あの、私は……？」

心配そうに聞いてくるクレールさんに、私はウインクする。

「大丈夫だって。次のお部屋で最後ね」

女子部屋を出て、そのさらに隣の部屋の扉を開ける。そこは、他の部屋とは違ってブラウンを基調にした落ち着いた雰囲気の部屋になっている。そしてその大部分を占めるのは、一つの大きなベッドだ。

「じゃーん！　ここがクレールさんとクリフさんのお部屋でーす！」

私が手を広げてみせると、クレールさんはきょとんとする。

「え、えっと……ベッドが一つ足りないような気がいたしますが？」

「大丈夫だよ！　だって二人は新婚さんなんだものぉ」

私は頬に手を当てて、体をくねらせてそう返した。

新婚さんといえば、一緒のベッドで寝たりとか、朝一緒に目を覚まして見つめ合って照れたりとか、どっちかが先に起きて寝顔を見たりとか！

もう、考えただけできゅんってくることだらけじゃない！

しかし、クレールさんは顔の前でバッテンを作る。

「そ、それとこれとは違います！」

「え？　違うの？」

私が声に悲しさを乗せつつ聞くと、クレールさんは一瞬言葉に詰まる。

「えっと……この旅行は、私どもからすればお仕事なわけでして……」

「なるほど、お仕事って思うとラブラブできないのね……それじゃあ、クレールさん」

「はい？」

「クレールさんは、この旅行中、クリフさんとラブラブしてください。これは主人命令だよ」

私がピッと指をさして言うと、クレールさんは頬を赤くする。

「ラ、ラブラブというのは意味がよくわかりませんが、言いたいことはなんとなくわかります……ですが！」

「あ、大丈夫だよ！　この部屋はちゃんと防音なんだよ！」

「そういう問題でもないんです！」

結局大きなベッドは私とアネットが使うことになり、私たちのベッドをクレールさんとクリフさんの部屋へと運ぶことになってしまったのだった。


クレールさんのベッドを運び出してからは、私たちはリビングルームでまったりと過ごしていた。

「皆様、お飲み物のおかわりはいかがですか？」

クレールさんが、紅茶とお茶菓子を持ってきてくれた。

「ありがとう、クレールさん」

私が礼を言うと、クレールさんはみんなのカップに紅茶を注ぎ、軽く頭を下げてからキッチンの方へ歩いていく。

「それにしても私たち、移動してるのよね？　全然揺れを感じないわ。なんか不思議」

「ほんとですよね」

「この車はサキの技術の結晶みたいなものだしね」

アニエちゃんとミシャちゃんに対して、なぜかレオンさんが自慢《じまん》げにそう言った。

まぁ確かにその通りなんだけど。空間拡張に防音、防振《ぼうしん》、各種家電に至るまで。ほぼ全て現在販売してる道具とは機能面で一線を画する最新式だからね。

そんな風に内心胸を張っていると、オージェが口を開く。

「でも、じっとしているのも飽《あ》きてきたっす」

「じゃあカードゲームなんてどうだい？」

フランはそう言いつつ、トランプを取り出した。

トランプは最近私が作ったもの。家でよく遊んでいるんだけど、フランはかなりハマったんだよね。

そして私が教えつつ、七並べをすることになった。

「ちょっと……誰よ！　ハートの六止めてるの！」

数回ゲームを重ねていくうちにみんながルールを理解し始めて、戦略的に六を出さない人が出てきた……。

「さぁ、誰だろうね」

フランがニコニコそんなことを言うものだから、アニエちゃんがジトーっとした目になる。

しかし、ハートの六を出したのは、レオンさんだった。

「ん？　あぁ、ごめんごめん。僕だ」

「レオンさん……それ、出してもいいんですか？」

あまりにもあっさり出すものだから、思わず聞いてしまう。

けど、レオンさんは笑って返事をする。

「あぁ、問題ないよ。どうせ僕が勝つからね。まぁ、見ててごらん」

レオンさんの言うことはよくわからなかったけど……実際勝負が終わってみると、レオンさんはそこから一度もパスせず上がってしまったのだった。

「うーん……なんで負けたかな」

「いやぁ、なんか僕、昔からカードゲームをすると負けないんだよね」

フランが不思議そうに顔をしかめるのに対して、レオンさんはそう笑った。

メルブグで勝てたのは、この豪運《ごううん》のおかげかぁ……。

「あ、皆様！　街が見えてきましたの！」

アネットが窓の外を見て、そう声を上げた。

それを聞いて、ミシャちゃんも窓を覗《のぞ》く。

「あれは、なんていう街なんでしょうか」

「確か、リフルだったかしら？」

アニエちゃんの言葉を聞いて、ミシャちゃんが目を輝かせる。

「リフル!?」

「うん、服飾《ふくしょく》の街だよ。衣装作りの参考になると思って」

「う～……サキちゃん、大好きですっ！」

そう言ってミシャちゃんは嬉しそうに私に抱きついてきた。

そんなやりとりをしている間に、車はリフルの近くまでやってきていた。

「わぁ！　服屋がたくさんです！」

リフルの中に入った私たちは、車をクリフさんに任せ、先に街の中を見て回ることにした。

私は言う。

「食事までの時間、街を歩いて回ろう。で、お昼ご飯を食べてからも少し散策して、出発する予定だよ」

「お兄様！　あっちのお店に行ってみたいですわ！」

「あ、アネット、ちょっと待って」

初めてのパパとママがいない旅行に、アネットはテンション爆上がり。

飛び出していきそうだったけど……フランが止めてくれた。

「サキちゃん！　私はあっちのお店に！」

「え、えぇ……？　ミシャちゃんも？」

「集合場所を決めて、お昼までは各々《おのおの》で行きたいところに行けばいいんじゃないかな？　お昼のあとは、一緒に行動するって感じで」

レオンさんの提案に、みんなが賛成した。

「それじゃあ僕はアネットについていくよ。止められるのは僕くらいだろうしね」

「あら、それなら私も一緒に行くわ。私もアネットちゃんが気になってるお店がどんなお店か、気になるし」

フランとアニエちゃんは、アネットについていくことにしたようだ。

「それじゃあ私はあっちのお店に行きますね！」

「んー、服飾の街って言われてもピンとこねーっすから、ミシャについていくっす」

オージェはミシャちゃんと一緒に行動するのね。

「それでは私はサキ様に……」

「あ、クレールさんはクリフさんのところに行って」

「え？　ですが……」

服飾の街、なんてオシャレなところに来たんだから、二人で行動して、クリフさんにはクレールさんにアクセサリーの一つでも贈ってもらわないと！

パパがちょっぴり過保護なだけで、これくらいの年齢の子供たちだけで街を散策するのは、割と普通だし。

「いいのいいの。集合場所は……ここにしようか。みんな土地勘もないし」

今立っている広場の真ん中にある、花や小鳥のオブジェで装飾されている大きい時計を指差して私がそう言うと、みんなは頷いた。

「それじゃあオージェくん！　行きますよ！」

「わかったから、ちょっと落ち着くっす！」

ミシャちゃんがオージェの手を引っ張ってお店の方に行き、それを見たアネットもフランの手を握り、駆け出す。

「お兄様！　こっちですわ！」

「アネット、急ぐと危ないよ」

「ふふふ、アネットちゃんは元気ね」

アニエちゃんはそんな二人の後ろ姿を微笑ましそうに見つつ、ついていった。

「そ、それでは私もクリフのところへ参りますね。サキ様、決して危ないことをしないようにしてくださいね」

クレールさんは私の両肩をガシッと掴んで念押ししてから、馬車小屋の方に歩いていった。

「そ、そんなに念押ししなくても大丈夫だよ……」

そう呟く私に、レオンさんが声をかけてくる。

「みんな嬉しそうでよかったね」

「はい。ところでレオンさんはどうするんですか？」

「僕？　もちろんサキについていくさ」

「もう、レオンさんまで私の心配ですか？」

「まぁそう言わないでよ。僕にエスコートさせてくれないかい？」

レオンさんは私にそう言って、右手を差し出してくる。

「……もう、しょうがないですね」

私はレオンさんの右手を取り、お店の方に向かって歩き出した。

◆

「お兄さま！　行きましょう！」

私が手を引くと、お兄さまは少し困ったような顔をしながらも、ついてきてくださいます。

「アネット、わかったから少し落ち着いて」

「ふふふ……お兄ちゃんは大変ね」

「まったく……三学年になってもアネットはアネットだよ」

私たちの後ろをついてくるアニエさまはとても楽しそうで、その笑顔を見ると少し安心します。

アニエさまはお屋敷に住んでいた時に私の髪《かみ》をといてくださったり、勉強を教えてくださったりと、サキお姉さまとは違った意味でお姉ちゃんみたいで……一緒にいると、気持ちが安らぎますの。

でも、アニエさまはふとした時に寂《さび》しそうな顔をしておりましたし、たまにゾッとするような冷ややかな目で魔法の練習に打ち込んでいましたの……。

だから、こんな風に朗《ほが》らかに笑っておられるアニエさまを見ると、嬉しくて私も笑顔になります。

「アニエさまも！　早く行きましょう！」

「ええ、わかったわ」

私が向かったのはもちろん洋服店！　いろんな服が並ぶ店内はいつも行くお店とは違う雰囲気で、私は驚きと感動でいっぱいです！

普段、私やお姉さまの服はお屋敷に来た服職人が仕立ててくださるものですから、正直似たようなドレスばかりなんですわよね……。

「まったく、家でもいろんな服を作ってくれるじゃないか」

お兄さまがそんなことを言うから、私は頬を膨らませます。

そんな私を見てか、アニエさまがお兄さまに冷ややかな視線を向けました。

「女の子は服にこだわりたいものなのよ。ねぇ、アネットちゃん」

「はい！」

私の気持ちをわかってくれるアニエさま、大好きです！

「まぁ、僕も服を見るのは好きな方だけどね。それに、『服飾の街』なんて呼ばれるくらいだから、服の一着くらい買っておいた方がいいか」

そんなお兄さまの言葉を聞いて、閃《ひらめ》きます。

「そうですわ！　いいことを思いつきましたの！　このお店で、お互いに似合いそうな服を選ぶっていうのはどうでしょうか？」

「私がアネットちゃんかフランに似合う服を選ぶってことね。うん、面白そうかも」

「アニエがそう言うなら、やってみようか」

「はい！　それでは……私はお兄さまの服を選びますね！」

「じゃあ、私はアネットちゃんの服ね」

「じゃあ僕はアニエか」

それから私たちは、一緒に歩きながら服を探し始めました。

ふふふ……実は私、前からお兄さまがアニエさまのことを好きだって勘づいていましたの。

でも、アニエさまは自分が好かれているなんて微塵《みじん》も考えていなそうです……。

これを機に、二人の距離をグッと縮めてみせますの！

私はそこから作戦を練《ね》りつつ、服を眺《なが》めます。

「うーん……アネットちゃんといえば、やっぱりドレスのイメージなのよねぇ」

「せっかくなら普段と違うイメージのアニエを見てみたいね」

アニエさまとお兄さまは普通に服を見ているようですが、さて……どうすればアニエさまはお兄さまを意識してくれるのでしょうか。

そんなことを考えていると――

「アネットちゃん、ちょっとこれ試着してみてくれないかしら」

「え？　あ、はい」

「どうかした？」

「い、いえ！　なんでもありませんの！」

危なかったですわ。考え込み過ぎて、不自然な受け答えをしてしまいましたの。

私はアニエさまの持ってきた服を受け取って、試着室へ向かいました。

服を着替えながらも私は、なおもアニエさまとお兄さまのことを考えます。

アクシデントからお互いを意識するというのが、読み物では定番です。

何かアニエさまとお兄さまにアクシデントが起これば……はっ！　そういえば前にミシャさまから お借りした本に『らっきーすけべ』なるイベントがあると書かれておりました！

そうです！　真面目なアニエさまでも、さすがにそういったイベントがあればお兄さまのことを少しくらい意識するのでは⁉

そう結論付け、同時に着替えも終えた私はドヤ顔でシャーッ！　と試着室のカーテンを開けます。

「わっ、アネットちゃん可愛い！」

「うん、似合ってるよ。自信に満ちた顔をしてるってことは、よほどその服を気に入ったのかな？」

アニエさまとお兄さまは、そう私を褒《ほ》めてくださいます。

「はい！　とても！」

私がそう答えると、アニエさまは優しいご提案をしてくださいます。

「それじゃあその服は、私からプレゼントしてあげるわ」

「ほ、ほんとですの⁉」

「ええ、アネットちゃんは、私にとっても妹みたいなものですもの。私の服を買う時にまとめて払うから、店員さんに預《あず》かっておいてもらいましょう」

それから私は元の服に着替え、店員さんに服を渡してから、再度お兄さまの服を選びつつ、チャンスを待ちます。

すると、とうとう動きがありました！

「あ、アニエ。この服、試着してみてくれないかい？」

きました！　絶好のチャンス！

お兄さまがアニエ様に試着を頼む、この瞬間を待ってましたの！

さらにお兄さまがアニエさまにチョイスしたのは着替えやすそうなシンプルな服！　好都合ですわ！

「お兄さま！　こちらの服を試着してくださいまし！」

私はすかさずお兄さまに服を渡し、二人で試着室に向かってもらう。

さて、ここからが本番ですの！

私は二人についていって、試着室の前で機を待ちます。

思い出すのは、お姉さまの言葉。

『いい？　アネット。戦いはただ攻撃を続ければいいってものじゃないよ。攻撃のタイミング、周囲の状況、自分の作戦なんかも考慮《こうりょ》して、ベストなタイミングまで待つのも大事なの』

自分が成長しているのを、感じますわぁ！

そんな風に考えていると、アニエさまがカーテンを開けて出てきます。

「んーこれ、ちょっと私には可愛すぎるんじゃないかしら。それにいつもより露出度が高いから、なんだか落ち着かないわ」

アニエさまが身に着けているのは、お姉さまが『わんぴーす』と呼んでいた服と麦わら帽子《ぼうし》。

普段のきちっとした姿とは打って変わって爽やかな装《よそお》いと、少し照れているような表情が相まって……同性の私ですら、ドキッとしてしまいます！

「アニエさま、とても可愛いですわ！」

「そ、そう？　アネットちゃんにそう言ってもらえると、なんだか嬉しいわ」

さぁ！　素敵なものも見られたところで、作戦決行ですの！　今が攻撃の時！

「あ、あぁ～足が滑《すべ》りましたのぉ～」

私は転びそうなふりをして、お兄さまの試着室のカーテンを掴み、シャッと開けます。

中には上半身裸のお兄さまの姿がありました。

どうですの！　普段見ることのないお兄さまのハダけた姿を見れば、アニエさまも……。

「えっと……ごめん」

「あ、えっと……こちらこそ」

そんな会話のあと、お兄さまは再びシャーッとカーテンを閉めました。

な、なんですの⁉　今の何もなかったかのような雰囲気は……予想と違いましたの！

アニエさまが『きゃー！』ともなりませんでしたし、お兄さまが『わぁ！』ともなりませんでしたわ⁉

私は思わず床にへたり込んでしまいます。

「アネットちゃん、大丈夫？」

アニエさまに起こされてから、私は何がいけなかったのか何度も繰り返し考えましたが、結局原因はわからずじまいなのでした。

◆

「さぁ！　オージェくん、こっちです！」

「そんな急がなくても、店は逃《に》げねぇっすよ」

テンションが爆上がりしてるミシャに手を引かれて、俺はミシャの目的の店まで向かってるっす。

サキたちと仲良くなってからみんなでいることが多かったから、二人きりっていうのは久しぶりっすね……。

なんか緊張してきたっす！

い、今だって手を握ってるっすけど、お、俺の手、汗かいていないっすよね!?

「オージェくん……体調、大丈夫ですか？　手汗がすごいですが……」

「うぐ……」

俺は、慌てて手を離す。

あ、相変わらず気にしてることを、平然と言ってくるっすね……。

「大丈夫っすよ」

「そうですか？　それならいいですが……あ、このお店です！」

話しているうちにお店に着いたから、二人で中に入る。

女子と二人で服屋なんてデ、デートみたいっす！

『オージェくん、こっちの服とこっちの服……どっちが私に似合いますか？』なんて聞かれたりするかもしれねぇんすよね⁉

ミシャからの質問になんて答えるか想定しつつも後ろをついていくと、ミシャが商品に両手を伸ばした。

き、きたっす！

こういう時のために、なんて答えたらいい男だと思われるのか、フランに教えてもらってるんすよ！

「オージェくん、こっちの布とこっちの布……どっちがサキちゃんに似合いますか？」

「それはっすねぇ！　……え？」

えっと……俺の聞き間違いっすか？

なんか今のミシャの質問の中に、『服』も『私』も出てこなかったっす。

「なんて言ったっすか？」

「ですから、この布とこの布だったら、どっちがサキちゃんに似合いますか？」

ん、んー……さすがにフランも、こんなトリッキーな質問にどう答えるかまでは、教えてくれなかったっす……。

そんな風に混乱する俺を見て、ミシャは首を傾げている。

クソォ……可愛いっすね……。

そんなミシャを怒らせたり、ガッカリさせたりしたくないっす！

ミシャは、なんて言えば喜ぶか……。

「そ、そっすね～……サキだったらどっちも似合いそうで、俺じゃ選べねっすよぉ」

俺の答えを聞いて、ミシャがパッと笑顔になる。

「そうですよね！　サキちゃんならきっとどっちの柄《がら》の服を着たって、さらに可愛くなっちゃうに決まってますよね！」

ミシャはニコニコしながら布を元あった場所に戻して、他の商品を眺め始めた。

俺はホッと胸を撫《な》で下ろす……と、ミシャがさっきと違う布を持ってきた。

「じゃあじゃあ！　こっちとこっちならどうですか？」

も、もしかして……これがずっと続くんすか⁉

俺は授業よりも頭を使って、ミシャからの難問の答えを考えた。

◆

「えっと……馬小屋は……」

私──クレールは、車を預けに行ったクリフを捜《さが》して、馬小屋に来ていた。

馬小屋の近くに、大体馬車を預けるところもあるからだ。

あ、馬小屋発見！

さて、クリフはどこへ……。

あたりをキョロキョロ見渡していると、肩をポンと叩かれる。

慌てて振り向くと、ほっぺをふにっと指で突かれた。

「ははっ、引っかかった」

振り向いた先には、子供っぽく笑うクリフと、肩に置かれた右手。

私は、クリフの手を払って頬を膨らませる。

「もう！　大人になっても変わらないんだから！」

私にプロポーズしてくれたあの時の凛々《りり》しく大人びたクリフはどこへやら。

見た目は大人だけど、無邪気《むじゃき》な子供を見ているみたいよ。

「悪い悪い。ほら、お詫《わ》びにこれやるよ」

クリフはそう言うと、後ろに隠していた左手を出した。

そこには、茶色い玉が三つ刺さった串《くし》の載った紙皿が。

ほのかに甘い匂いがするから、お菓子だってことはわかった。

「ダメよ、仕事中に使用人がお菓子なんて」

「大丈夫だって、一人でここにいるってことは、サキ様にもお許しをもらってるんだろ？　それに、昔もこうやって屋敷の裏で一緒にこっそりお菓子を食ってたじゃんか」

「あ……」

そんなこともあったっけ……クリフ、昔のことをちゃんと覚えていてくれたんだ……。

嬉しくなった私は、串を取った。

「し、仕方ないからもらってあげる」

「クレールも、昔と変わってないんだな」

そういえば昔もこうやって最初こそ『いけない』なんて言いつつも、最終的にクリフがもらってきたお菓子を食べてたっけ……。

私は恥ずかしいのを誤魔化すために、お菓子を一つ口に入れる。

口いっぱいに卵とお砂糖の甘い味が広がり、思わず笑顔になる。

「美味しい！」

私の反応を見て、クリフは嬉しそうに口角を上げる。

「だろ？　なんでも、バウアで修業した菓子職人がこっちで出したお店らしくてな」

「へぇ……クリフ、詳しいんだね」

「お、おう……まぁな」

私が感心して言うと、クリフは不自然に目を逸《そ》らした。

そんなクリフを見て、私はハッと気付く。

「もしかして……私のためにリサーチしてくれたの？」

「そ、そんなことないぞ！　そう！　さっき！　さっき車を預けたところで女の人に聞いたんだ！」

相変わらず嘘《うそ》が下手《へた》だなぁ……。

でも私のためにいろいろ考えてくれたことが嬉しくて、愛《いと》おしい。

私はニヤけてしまいそうなのを隠すために、歩き出した。

そしてなんとか表情筋《ひょうじょうきん》を落ち着かせて、クリフの方をくるっと振り返る。

「しょうがないから、エスコートさせてあげる」

クリフは顔を少し赤くしながらもニカッと笑って、小走りで私の元に来た。

「最高のデートにしてやるよ！」

そう言ってクリフは私の手を取り、私が無理しなくても大丈夫な程度の速さで走り出した。

◆

私——サキとレオンさんは、のんびりと街の中を散策していた。

「クレールさん、ちゃんと楽しめてるかなぁ……」

「心配しなくても大丈夫だよ。二人とも大人なんだし、きっと優雅《ゆうが》な時間を過ごしているって」

「……そうですよね！」

それに、私は私で人の心配をしてる場合じゃない。

前にレオンさんと喧嘩《けんか》みたいなことをしてから、初めて二人きりで遊ぶのだ。

ど、どうしよう……今回はミシャちゃんのことしか考えていなかったから、どこに行っていいのかもわからないし！

内心焦る私に、レオンさんが提案してくる。

「サキ、あっちのお店に行ってみないかい？」

「え？」

レオンさんの指す方には、オシャレなテラスに可愛いテーブルが並んでるお店が見える。

どうやら、カフェらしい。

お店の前にはお尻をこちらに向けて眠るウサギの置物があり、看板《かんばん》には『ウサギのしっぽ』と書かれている。

「まだ時間もあるし、ゆったりお茶でもどうかなと思ってね」

「そ、そうですね。行きましょう」

レオンさんの後ろについて、お店の中に入る。

店内のあちこちにウサギの置物があって、とても可愛らしい。

「アリスが好きそうです」

「確かにね」

そんな風に話していると、店員さんが話しかけてくる。

「いらっしゃいませ、二名様でよろしいでしょうか」

「はい」

レオンさんが頷くのを見て、店員さんは店内の一席に案内してくれようとする。

「では、こちらのお席に……」

「あ、テラス席でも構いませんか？」

「大丈夫ですよ。ご案内いたします」

店員さんはレオンさんの言葉ににっこり笑って、私たちをテラスの席に案内してくれた。

そして、手に持っているメニューを二つ、テーブルに置く。

「お決まりになりましたらお呼びください」と言い、店員さんが頭を下げてキッチンの方へ歩いていくのを見送って、私とレオンさんはメニューを開く。

「このあとお昼ご飯も食べるし、軽めのものがいいかな」

「そうですね……」

今は午前の十時頃。確かにお昼ご飯のことを考えたら、あんまり重たいものは食べられない。

でもでも……この『ウサギのしっぽ』限定シュークリームも気になるし、ミルクレープも美味しそう……あ！　パウンドケーキなんてのもある！

「ふふふ……悩んでいるのかい？」

「そうなんです。この限定シュークリームとミルクレープとパウンドケーキが気になってて……」

「なるほどね、それじゃあ好きなのを二つ頼みなよ。一口食べてみて美味しかった方をあげよう。僕はもう片方を食べるよ」

「え？　いいんですか!?」

「あぁ。どれも美味しそうだから、僕はどれでも構わないよ」

「えっと……そ、それじゃあシュークリームとパウンドケーキで……」

「ふふ、わかった。すみません」

レオンさんは手を挙げて、店員さんを呼ぶ。

「ご注文を承ります」

「限定シュークリームとパウンドケーキを。あと、紅茶を二つ」

「かしこまりました。以上でよろしいでしょうか」

「ええ」

店員さんは注文をメモして、再びキッチンの方へ。

それからしばらく、私たちは無言になる。でも気まずい沈黙《ちんもく》というわけではなく、心地いい。

……っと、そういえば、レオンさんに聞きたいことがあったんだった。

「レオンさん、質問してもいいですか？」

「なんだい？」

「時間魔法……前に使っていた魔法ってどういう魔法なんですか？　ネルは『レオン様にお聞きになっては？』の一点張りで……」

「構わないけど、僕もあまり詳しくは知らないんだよね」

レオンさんは苦笑いしながら、話し始める。

「最近、僕もネルに資料を読ませてもらっているんだ」

ネルは人を模した姿やブレスレット、本にも変身できる。本になることで、この世界に存在する、あらゆる本や資料の内容を表示できるのだ。

確かに研究室でネルとレオンさんが一緒にいるのをよく見かけるけど、そういうことか。

「僕が読ませてもらっている資料は、魔力属性の選別と定義について」

「選別と定義？」

いまいちわからずに私が首を傾げると、レオンさんは苦笑いしながら「そうだなぁ……」と呟いて少し考え込んでから、手を叩く。

「例えば、炎属性の魔力と水属性の魔力って何が違うと思う？」

「魔力を練った時に使えるのが炎魔法か、水魔法かの差ですかね？」

「それだけかい？」

「え？」

それだけじゃないってこと？　色とか……いや、でもそんな単純なわけ……。

私が『うーんうーん』と悩んでいると、レオンさんは微笑ましそうにこちらを眺めてくる。

ちょっと悔しい……。

少しして、レオンさんは優しい声音で再度聞いてくる。

「わからない？」

「わからないです……」

「じゃあ説明しよう。魔力属性の違いは魔原子《まげんし》の形の違いなんだ。ネルと一緒に資料を元に議論した結果、わかったことさ」

「魔原子……？」

「ごめんごめん、魔原子は僕とネルが付けた仮名。魔力を構成する元、とでもいうのかな。僕とネルは精神の力によって生成された魔原子が心臓を通過することで魔力になり、属性を持つのだと考えている」

森にいた時、私とネルは議論の末に『魔力の属性はその者の精神によって決まる』という結論を出していた。だが、それだと憑依《ひょうい》の魔法によって誰かの体を乗っ取った時に、自分の精神では扱えないはずの他人の属性魔法を使えるようになることと整合性が取れない。

だけど、心臓を通ることで属性を得るのであればそれとも矛盾《むじゅん》しない。

これが本当に正しいと証明できたなら、魔石工学の幅が広がるかも……！

そんな風にウキウキしていると、レオンさんは声のボリュームを少し下げて言う。

「それでここからはネルが教えてくれたことなんだけど、僕の魔法、他の特殊魔法とは少し性質が違うらしいんだ」

「性質が違う？」

「うん。例えばリベリオンのチューレは特殊魔法で魔物たちを操っていた。あとはあの剣士……モーブって言ったっけ？　あいつは剣から放たれる斬撃を操作していたね。でも、正確には剣筋に乗せた魔力を操り、攻撃していたのさ」

特殊魔法は、基本十属性が操るもの以外を対象物とした魔法を総称したものである――っていうところまでは常識だから、さほど驚きはない。

私は頷いて、次の言葉を待つ。

「だけど、僕の魔法……【高速《クイック》】や【低速《スロー》】みたいな『時間』を操る魔法使いは――概念を操る魔法使いは僕だけしか見たことがないと、ネルはそう言った。で、さらに調べている中で興味深い文献を見つけてね、今はそれについて研究中って感じかな」

「その文献って――」

「魔力属性選別否定論《まりょくぞくせいせんべつひていろん》」

タイトルから判断するに、魔力属性という区分自体を否定している論説ってこと……？

「その著者はパスカル・ミーティア……みんなが言う、賢者様さ」

「え!?」

著者が想像よりもビッグな人で驚いてしまった。

ネルにお願いすれば、この世のどこにある資料も見ることができる。

たとえそれが勇者様や賢者様、どこかの高名な魔法使いが書いて大切に保管していたものだとしてもだ。

「その文献によれば、賢者様は『魔力属性というものはあくまで大まかな区分でしかなく、その性質の全てを測るものさしとして使うには不十分である』と考えていたようだよ」

「どういう意味ですか？」

「たとえば水の魔力しか持たない魔法使いと炎と水の魔力を持っている魔法使いが同時に第一アク《シグル》アを使うとするだろう？　すると、生み出された水の温度は炎の魔力を持っている魔法使いの方が高いらしいんだ」

「え!?」

それは知らなかった……。

この結果が表すのはつまり――

「その人の持つ、異なった属性の魔力同士が影響《えいきょう》を及ぼし合って、その人の魔力を形作っているってことですか……？」

「その通り」

今の魔法理論とは、まったく違うアプローチだ。さすが賢者様、目の付け所が違う。

「その理論については、理解しました。でも、それとレオンさんの魔法となんの関係が？」

「その文献の最後に、またまた面白いことが書いてあってね」

レオンさんは、本当に楽しそうに話すなぁ。

無邪気に話すレオンさん、可愛い……！

関係ない方向でほっこりしてしまう私に構わず、レオンさんは話を進める。

「特殊魔法はさらに細分化できるかもしれない、とあったんだ」

「特殊魔法の細分化……」

「そう。そしてここからは仮説ではあるんだが、僕は対象を限定することで、効果が強まるんじゃないかと考えた。魔法はイメージが大事。だからこそ操るものを明確にしてから使った方がいいだろうってことだよ」

確かに、他の属性は操るものがイメージしやすい。でも、特殊属性《ユニク》って言い換えれば『その他』みたいなことだから、イメージしづらいんだよね。だから使い手も少ないし。

レオンさんは続ける。

「この間リベリオンと戦った時、僕は『時間《クロック》』と唱えて特殊魔法を使ったんだ。それによって、通常の特殊魔法では実現が難しい空気の一部分の時間を止めて盾や足場にするなんてことができたんじゃないかなと思っている」

「なるほど……魔法の対象を時間に限定したことで効果が上がったんですね！」

これはすごい発見かも！

私は身を乗り出してさらに質問しようとした――んだけど、そのタイミングで店員さんがスイーツと紅茶を運んできた。

レオンさんは明るい笑みを浮かべる。

「さ、難しい話はここまでにして、食べようか」

「はい！」

いろいろと考えたいけど、今はひとまず後回し！

好きな人とのスイーツタイムを楽しまないと、もったいないよね！

「いただきます！」

私はそう言って、限定シュークリームを頬張るのだった。


一時間後。

カフェでまったりとスイーツと紅茶を堪能《たんのう》したものの、お昼までもう少しだけ時間があったので、街を散策することになった。

「はぁ……美味しかったぁ……」

「ふふ、満足できたならよかったよ。結局、どっちが美味しかった？」

私が二種類のスイーツのうちどちらを食べるかあまりに悩んでいたら、レオンさんが私に二つともあげるって言ってくれて。両方とも食べちゃったんだよね。

私はさっき食べた二種類のスイーツの味を、反芻する。

「……うーん、究極の二択ですね」

そんな他愛のない会話をしながら歩いていると、広場の方で人だかりができているのが目に入った。

「何か催《もよお》しでもやってるんですかね」

「見に行ってみるかい？」

「はい！」

人がたくさんいるけど、事件ってわけでもなさそう……？

人だかりの方へと歩いていくと、見覚えのある五人の後ろ姿があった。

「あ、サキとレオンさん」

私とレオンさんにいち早く気付いたアニエちゃんが、声をかけてくれた。

「すごい人だね。何してるの？　っていうか、ミシャちゃんとクレールさんは？」

「それが……」

アニエちゃんが指差す先を見ると、ミシャちゃんとクレールさんが縫《ぬ》い物をしているのが見える。

いや、二人だけじゃない。大きな横長のテーブルについた人たちが、縫うスピードを競っている……？

でも、その中でも二人が圧倒的に速い。

すると、拡声器のような魔道具を通して、声が聞こえてくる。

『おぉー！　飛び入りの二人がさらに縫うスピードを上げる！　前回大会覇者も追い付くのがやっとだ！』

「少し前に広場のあたりで合流したの。でも、そこで一年に一度の裁縫《さいほう》の技術を競う大会が、偶然開かれててね。クレールさんとミシャが挑戦したいって言い出して……こうなったの」

なるほど……。

確かに二人とも縫い物は得意中の得意だろうけど、縫うスピード、速すぎない……？

ミシャちゃんとクレールさんが、縫う手を止めずに会話しているのが聞こえてくる。

「クレールさん……なかなかやりますね」

「私は誇り高きアルベルト家のメイド……家事全般において後《おく》れを取るわけにはいかないのです！」

『おおっと⁉　さらにさらに二人のスピードが上がっていくー！　この二人はいったい何者だぁ！』

二人の速度についていけなくなった前回覇者の人が、涙目になってるんだけど……。

どうやら決められた縫い方で規定の枚数の布を縫い合わせられた人が優勝、という大会らしい。

「あぁー……クレール、意地になってんな」

「ミシャもっす……」

オージェとクリフさんは、苦笑いしながら二人を見つめている。

やがて、ミシャちゃんが動く。

「ラストスパート……ここからはさらに速度を上げます！　魔力解放……！」

ミシャちゃんの右手から青色の魔力が溢《あふ》れ、手を動かす速度がさらに加速する。

魔力解放は体内の魔力量を一時的に増大させることで、脳や体の機能を向上させる技術なんだけど……もうあれ、ミシンのスピードを超えてるんじゃないの？

『な、なんだぁ!?　ミシャ選手の手のスピードが！　人の域を超えている!?　ここまでの速さ、この大会始まって以来ではないでしょうか!?　そしてミシャ選手、フィニーッシュ！』

大きな拍手と歓声が上がる。

ミシャちゃんがギャラリーに手を振っている中、実況をしていた女性がミシャちゃんに近づいていった。

「いやー素晴らしい技術でした。改めてお名前をお聞きしてもよろしいでしょうか」

今魔道具は使っていないが、どうやら風魔法で声を大きくしているようだ。

ミシャちゃんは堂々と口を開く。

「ミシャ・フェネスと言います。服飾の街と呼ばれるリフルで優勝できて、とても嬉しいです！」

なぜか、周りの人がざわつき出した。

「も、もしや普段は王都にお住まいではないですか？」

実況のお姉さんの質問に、ミシャちゃんが頷く。

「え？　あ、はい。実家は王都の服飾店です」

「もしかして……アクリス様ですか!?」

アクリス様……？　なんのことだろう。

首を傾げていると、オージェが言う。

「あぁ、そういえばミシャの母ちゃんが言ってたっす。ミシャに『アクリス』っていう名前で服のデザインをさせてるって」

つまり、アクリスっていうのはミシャちゃんのデザイナー名ってことか。

「確かにアクリスは私が仕事上使っている名前ですけど……」

「やはり！　それならば、あの見事な針捌《さば》きも納得です！」

ミシャちゃんがアクリスとわかるや否や、数人の男女がミシャちゃんに押し寄せる。

漏れ聞こえる声を聞く限り、どうやらその人たちもデザイナーらしい。

「あなたがあの革命的なデザイナー、アクリス様だったなんて！」

「こ、これからウチでお話しでも！」

「ずるい！　アクリス様、ぜひうちの職員に指導を！」

ミシャちゃんは「え、ええっとぉ……」なんて言いながら固まっている。

もう……しょうがないなぁ！

「第三《トリル》ディジョン・テレポート」

私はミシャちゃんの元へ一瞬で移動する。そしてすぐにミシャちゃんを連れてみんなの元に戻り、さらに全員を人気《ひとけ》のない裏道にテレポートさせた。

「はぁ……助かりました。サキちゃん、ありがとうございます」

「ミシャちゃん、人気者だったね」

「それはそうですよ！　アクリス様はとても有名なデザイナーですから！」

え……なんでさっきまで実況をしていたお姉さんがいるの⁉

もしかして、ミシャちゃんの近くにいたから一緒にテレポートさせちゃったのかな。

急いで元いた場所に帰そうかと思ったんだけど、実況のお姉さんが「騒がないのでお話ししませんか⁉　家でご馳走《ちそう》させてください！」と縋ってきたのでお言葉に甘えることに。


食卓に着くと、実況のお姉さんが、座ったまま頭を下げる。

「改めまして、私はリフルで服飾業をしている、パルミーと言います」

「すみません、急に押しかけてしまって」

「いえいえ！　あのアクリス様とお話しできる機会がいただけるなら、食事くらい！」

私たちを代表してクレールさんがお礼を言ってくれたんだけど、パルミーさんは目を輝かせてミシャちゃんを見つめている。

「パルミーさん、私は服作りをしていますが、まだまだ若輩《じゃくはい》です。評価いただけるのはありがたいですが、私は子供。だから、そのような扱いはやめてください」
ミ、ミシャちゃん大人ぁ～。さすが私たちの冷静担当だ。

「素晴らしい服を作る方は人間性も素晴らしいのですね……感動しました！　アクリス様がそうおっしゃるなら。ミシャちゃんとお呼びしても？」

「はい！　ぜひそれで」

「ではミシャちゃん、いろいろ聞いてもいい？」

「えぇ、私に答えられることであれば」


そこからは服を作る人にしか通じないような、専門的な会話が続いた。

ミシャちゃんにとって、かなり充実した時間になったんじゃないかな。

私にはちんぷんかんぷんだったけど！

「ではそろそろお暇《いとま》させていただきますね」

ミシャちゃんがそう言うと、パルミーさんは頭を下げた。

「貴重なお話を、ありがとう」

「いえいえ、お昼ご飯、ありがとうございます！　有意義な時間でした」

お互いに笑ってから、パルミーさんはふぅっと息を吐いた。

「私もミシャちゃんみたいになれるように、頑張らないと！　と言っても……私は縫うのが遅いんだけどね」

それを聞いて、ミシャちゃんは何かを思いついたようで、私に耳打ちしてくる。

「サキちゃん。パルミーさんにミシンを一台譲《ゆず》ってあげられないでしょうか？」

ミシャちゃんは言い終えると、両手を合わせて『お願い！』って感じの顔をしてくる。

「そうだね。せっかくのご縁だし」

収納空間の中に、在庫を入れておいてよかった。

ミシャちゃんは嬉しそうに微笑むと、パルミーさんに向き直る。

「よかった！　パルミーさん、作業場にスペースはありますか？」

「え、えぇ……ちょっと散らかってるけど」

それから私とミシャちゃんはパルミーさんの作業場へ。

そこには、カラフルな布や糸が所狭しと並んでいた。

私は、テーブルの上の空いたスペースにミシンを出した。

「これは……なんですか？」

そう聞いてきたパルミーさんに、ミシャちゃんが答える。

「普段は私、これで服作りをしてるんです。何か適当な布はありますか？」

「この切れ端でいい？」

「はい、ありがとうございます」

そうしてミシャちゃんがミシンを使って布を縫い合わせると、パルミーさんは感嘆の声を上げる。

「す、すごい！　こんなに速いのに、縫い目は正確だなんて……」

「すごいですよね！　ぜひこちら、使ってください！」

「い、いただいてもいいの!?」

「はい！　その代わり……」

ミシャちゃんがチラッとこちらを向いたので、私は言葉を継ぐ。

「このミシンっていう魔道具、実は私が作ったものなんです。周りの職人さんに宣伝していただけませんか？」

「わかった！　これでたっくさんいい服を作って、この道具で作ったって言うね！」

「ご購入は、王都の『アメミヤ工房』まで。よろしくお願いしますね」

ミシャちゃんは最後にウインクしながら、そんな風にダメ押しの宣伝をしてくれた。

パルミーさんはおそらくこのあと、たくさん服を作るんだろうな。

もうそわそわしているし……。

4　勇者の街

パルミーさんの家を出たあと、みんなでリフルを散策してから次の街へと出発。

しばらく進み、もう少ししたら夜になるというタイミングで移動をやめることになった。

しかし、現在いるのは平野の真ん中。オージェは魔物が出るのではないかと怯えている。

「ほ、ほんとに大丈夫なんすか……？」

「大丈夫だって。この車の強さは、半端じゃないんだから！」

「そうそう。サキが作ったものが中途半端だったこと、ある？」

私とアニエちゃんの言葉を聞いてもまだオージェは怖がっている。

それならと、私はクリフさんに言う。

「クリフさん、例の機能を作動させてください」

「かしこまりました」

クリフさんは私に頭を下げて、運転席へ向かう。

それを見送りつつ、アニエちゃんが聞いてくる。

「例の機能って？」

「夜って野性の獣や魔物がいるでしょ？　それ以外にも盗賊《とうぞく》とか悪い人が襲ってくる可能性もある。それを防ぐための機能を考えたの」

「悪いやつが近づいてきたら、魔法でやっつけるとかっすか⁉」

「そ、そんな物騒なものつけてないから！　バリアと隠蔽《いんぺい》の魔法を施《ほどこ》すの！」

運転席のボタンを押すと車に【姿眩まし《クリアブラインド》】がかかり、表面にはかなり強固なバリアが展開される。

「このバリアはたぶん第七級《セプル》の魔法なら数発耐えられる。でも車の姿が見えなくなるから、ボタンを押している間は外に出ないでね。たぶん、見つけられなくなっちゃうから」

「ひ、ひぃ！」

私の説明を聞いて、オージェは一人で夜の知らぬ地に放り出されることを想像したのか小さく悲《ひ》鳴《めい》を上げた。

彼を安心させるように、ミシャちゃんは言う。

「まぁ、ここには生活できる設備が揃ってるんだから外になんか出なくても大丈夫ですよ」

「そ、それもそうっすね……」

ひとまずオージェも落ち着いたところで、クレールさんがソファから腰を浮かせる。

「それでは私は、夕食の用意をしてきますね」

「あ、私も手伝うよ」

「それなら私たちも」

私とアニエちゃん、ミシャちゃんも立ち上がるが、クレールさんは慌てて私たちを押しとどめる。

「こ、これは使用人の仕事ですので、皆様にそのようなことをさせるわけにはいきません！」

「でも、クレールさん一人じゃ大変だし」

「それに、みんなでお料理するのって楽しそうじゃない？」

「お手伝いさせてください！」

私たちがこれ以上言っても聞かないと察したのか、クレールさんは『仕方ないですね』といったような表情を浮かべる。

「では、お願いいたします」

そんなわけで私たち四人は、キッチンへ向かうことにした。

ちなみにアネットははしゃぎ疲れたのか、女子部屋で休んでいる。

ご飯の時に起こせばいいかな。

「それじゃあ、僕たちは何をしようか」

「ここに来る途中にやってたトランプをするっすよ！」

さっきの怯えはどこへやら、元気にそう提案したオージェの方を振り向き、アニエちゃんが口を開く。

「あんたたちは今のうちにお風呂に入ってきなさい！　ご飯が終わったあとの食器洗いは男子どもにやってもらうから、そのつもりでいなさいよ！」

アニエちゃんがぴしゃりと言うと、オージェは再度「ひ、ひぃっす！」と悲鳴を上げるのだった。


少ししてアネットも起きてきたので、結局女子全員で夕食の支度をすることになった。

そして、お風呂から男子一同が上がってきたタイミングで食事ができた。

食事をテーブルに並べ、みんなが席に着く。

ご飯を食べ始めると――

「う、うんめぇぇぇ！」

「うん！　こんな料理、食べたことないよ」

「これは……美味しいな」

オージェとフラン、レオンさんはそれぞれそんな風に喜びの声を上げた。

私たちが作ったのは唐揚《からあ》げやハンバーグをはじめとした、男の子が好きそうなメニュー。

喜んでくれてよかった。

夕飯後はアニエちゃんが宣言した通り男子にお皿洗いを任せて、私たち女子一同はお風呂へ。

ちなみにクレールさんとクリフさんは最後にお風呂に入ると言って聞かなかったので、クレールさんはここにはいない。

アネットは人の姿になったネルに髪を洗ってもらっていて、私とミシャちゃん、アニエちゃんは湯船《ゆぶね》に浸《つ》かっている。

「はぁ……まさか旅行でこんなゆったりお風呂に浸かれるなんて、思ってもみなかった」

「ほんとそうですよね。リフルで楽しく過ごして、夜はみんなでゆっくりお風呂に入れるなんて。私たち、王様より贅沢《ぜいたく》しちゃってるんじゃないでしょうか」

アニエちゃんとミシャちゃんの言葉を聞いて、私の脳裏には王様の顔が浮かぶ。

……勝手に暴走したことを思い出して、ちょっとムカついてきた。

「それにしてもミシャはいつの間にあんな有名人になっちゃったの？」

「いやぁ、それは私も知りませんでしたよ……」

ミシャちゃんは困ったように苦笑いを浮かべている。

ふふん、ちょっと仲間意識湧いちゃう。

ミシャちゃんも知らないところで有名になる苦労がわかったかな。

それからも他愛のない雑談を少し続け、お風呂から上がる。

そして寝間着を着てから、みんなで髪の乾かし合いをする。

「サキちゃんの髪さらさらですね〜」

「アネットちゃんも髪、綺麗ね」

ミシャちゃんにドライヤーを模した魔道具で髪を乾かしてもらってる横で、アネットもアニエちゃんに同じようにやってもらっているんだけど、気持ちよさそうだ。私も夢心地だけど。

なんで人にかけてもらうドライヤーって、こんなに気持ちがいいんだろう。

ちなみにネルは自分でそそくさと髪を乾かし、今は後片付けをしてくれている。

五分ほど髪を乾かしてもらってから、今度は私がミシャちゃんの、アネットがアニエちゃんの髪を乾かす。

そうして全員の髪が乾いてから、私たちはリビングへ。

それからもトランプをしたり、ジュースを飲んだり。楽しい夜を過ごすのだった。

◆

「いやー今日は楽しかったね」

「ええ、みんなで過ごすのはやっぱり楽しいですね」

それぞれの寝室に戻り、僕――レオンとフランがベッドで横になりながら話をしていると、オージェがぐったりした声で話に入ってきた。

「俺はなんか疲れたっす……」

「でも、ミシャと二人でデートできたんじゃないのかい？」

僕の言葉に、オージェは少し声を震わせる。

「そ、それはそれっすよ。前にフランに教えてもらった受け答えを実践しようとしたんすけど、ミシャの質問の内容が斜《なな》め上すぎて……人生で一番頭を使ったっす」

「まぁ、僕が教えたのはよく聞かれそうな質問に対する回答でしかないからね。そうだ、レオン先輩だったら服を二着見せられて『どっちが私に似合う?』って意中の子に聞かれたら、どう答えます?」

受け答えってそういうことか。

僕は少し考えてから、口を開く。

「『こっちの方が似合う』って自分の中で結論が出ているなら、それを素直に伝えるかな。でも、選べない時はまず相手にどっちがいいと思っているか聞いて、『それじゃあ選ばなかった方は僕がプレゼントするよ』って言うね。まだ付き合っていないのならどちらも買うのはやりすぎだから、それくらいがちょうどいい塩梅《あんばい》だろう」

「お、大人っす……」

オージェは、口をぽかーんと開けている。

ともあれ、相手によって対処も変わるわけだから、詳しく話を聞いてみよう。

「ちなみにミシャはなんて質問してきたんだい?」

「『こっちの布とこっちの布、どっちがサキちゃんに似合いますか?』って言われたっすよ」

「あー……それはミシャらしい質問だね」

フランがそう言うのに続いて、僕も苦笑いを浮かべつつ口を開く。

「あの子のサキへの心酔《しんすい》ぶりは、なかなかのものだね」

……なんで二人は、僕のことをなんとも言えない顔で見てくるんだ。

いやいやいや、僕はサキに対して心酔なんて……。

今までのサキに対しての言動を思い返してみると、まるきり否定できなくて笑ってしまいそうになる。

結局それからどう返すのがベストだったか話し合ったものの、これといった答えも出ず、オージェが話題を変える。

「明日はどこに行くんすかねぇ」

「プランは全部サキに任せてるからね。でも、これは劇の衣装のインスピレーションを得るための旅行だろう？　それじゃあ次はアファンに行くんじゃないかな」

「あふぁん？」

フランが出した名前に覚えがないようで、オージェが素《す》っ頓狂《とんきょう》な声を上げた。

「勇者様の生まれた街だね。もっとも当時はまだ村だったらしいけど」

「魔王を倒した際に、観光地になったのさ」

僕も家の用事で何度も行ったことがあるけど、街全体が勇者様が大好き！　って感じの、活気ある街だった。

「おぉ！　それは楽しみっす！　あー！　明日が待ち遠しいっす！」

「それじゃあそろそろ寝ようか。明日も寝坊したら、アニエがどうなるかわからないからね」

僕は冗談半分で言ったんだけど、オージェは真に受けたらしく、顔が段々青ざめていく。

「や、やばいっす！　フラン、早く灯《あか》りを消すっすよ！」

「はいはい」

フランが部屋の灯りを消すのと同時に、バサッと毛布を被る音が聞こえた。

僕も今日はサキとたくさん話ができて楽しかった。

明日も、素敵な一日になるといいな……。

そんな風に思いながら、僕は目を閉じた。

◆

「はぁ……何が間違っていたんですの……」

みんながそれぞれのベッドで髪をとかしている中、先にネルに髪をとかしてもらっていたアネットがぶつぶつと何かを呟いていた。

私──サキはアニエちゃんに聞く。

「アネットはどうしたの？」

「さぁ……？　昼間、私たちとお店を出てから、時折ああして呟いているの」

「うーん、何か悩み事でもあるのでしょうか」

ミシャちゃんはちょうど髪をとかし終わったようで、そう口にしてから、アネットに話を聞きに行った。

アネットはおずおずとミシャちゃんに小声で何か話し始める。

それに対して、ミシャちゃんが耳打ちしているけど……断片的にしか聞こえない。

でも、「なるほどですの！　やっと謎が解けましたわ！」って言っているのを見るに、アネットのお悩みは解決したらしい。

アニエちゃんが、ミシャちゃんに質問する。

「ミシャ、結局アネットちゃんは、何に悩んでいたの？」

「ふふふ……それは内緒です」

ミシャちゃんは人差し指を立てて口元に持っていく。

こういう時のミシャちゃんは口が堅い。アニエちゃんはため息を吐いて、話題を変えることにしたようだ。

「まぁいいけど。で、そういえば、明日の目的地ってどこ？」

「明日はアファンに行く予定だよ」

私がそう答えると、ミシャちゃんが首を傾げる。

「アファンって確か、勇者の街ですよね？」

「うん。この旅は劇のために企画したわけだし、行かなきゃでしょ」

「それもそうね。まだパパたちが来る前、ブルーム家の用事で一度だけ行ったことあるわ。あの街の勇者様への尊敬具合、すごいのよね」

「そんなに？」

「えぇ。お菓子に武器、防具に絵……どれも、勇者様がモチーフなのよ」

「そうなんですか。ふふっ……オージェくんが好きそうな街ですね」

そんな風に笑みを零すミシャちゃんに、アニエちゃんが楽しげな口調で聞く。

「ところでぇ……リフルでミシャとサキはどうだったの？」

「「どうだった……？」」

「だ、だから……二人とも男の子と二人でデ、デートしてたようなものじゃない？　雰囲気はどうだったのかなぁ……とか」

最近のアニエちゃんは、恋愛について興味津々なようだ。

そんなアニエちゃんを見ていたら、私もなんだかドキドキしてきてしまう。

「わ、私は……普通だよぉ」

レオンさんとはただカフェに行って、街の中を散策して……って確かにアニエちゃんの言う通り、デートかも……？

ていうか、私結構レオンさんとデートしてる気がするな。

なんだか、恥ずかしくなってきた……。

しかし、ミシャちゃんは特に思うところはないようで、平然と言う。

「んー……今更オージェくんと二人きりでもデートだなんて思いませんね。二人で一緒に布を選んでいただけですし」

「まぁサキとミシャはそんなもんよね。やっぱり深掘《ふかぼ》りするなら……」

「えぇ、そうですね」

「うん、やっぱり気になるよね」

アネットも誘ったんだけど、「今日はもう眠いですの。ふわーあ」とのことだったので、私たちは三人で隣の部屋へと向かう。

扉をノックすると、戸惑った顔のクレールさんが顔を出す。

さっきお風呂から出てきたのだろう、頬が赤い。クリフさんは……今お風呂かな？

「あ、あの……皆様、お休みになられたのでは……？」

「いいからいいから！　あとちょっとだけお話ししましょう？」

「私もクレールさんとお話ししたい！」

「私もです」

私とアニエちゃん、ミシャちゃんはそうまくし立てて、クレールさんを引っ張ってリビングルームへと連れていく。

そして、私が切り出す。

「クレールさん、今日は何してたの？」

「何……と言われましても、クリフと街を散策していただけですが」

「へぇ……ところでそのネックレスはリフルで買ったものですか？　王都を出た時はつけていませ

んでしたよね」

ミシャちゃんの言葉に、クレールさんの体が跳ねた。

「別に私はお仕事中に買い物とかしても怒ったりしないし、告《つ》げ口《ぐち》とかもしないから」

私がそう言うと、私たち三人がなんの話を聞きたいか理解してくれたようで、クレールさんはため息を吐く。

「そうです、これはリフルでその……クリフに買ってもらったものです」

すると、アニエちゃんが身を乗り出す。

「買ってもらった状況とか、詳しく！」

「詳しくと言われましても……街を歩いていたら、ふとこのネックレスが露店に並んでいるのが目に入ってしまいまして。そうしたらクリフがそそくさと買ってきてしまって……慌てて『悪いからいい』って言ったんですが……」

「「「言ったんですが？」」」

続く言葉をドキドキしながら待っていると、クレールさんは頬を少し赤らめながら、おずおずと続ける。

「『俺が買ってあげたいって思ったから買うんだ。ほら、つけたところを見せてくれよ』って口を尖らせながら言いつつ、首にかけてくれたんです」

「「「きゃー！」」」

クリフさん、かっこ可愛い〜！　あんなイケメンなのに、そんな男子高校生の照れ隠しみたいなこと言うなんて！　キュンってしちゃうよぉ！

「「他には？　他には⁉」」

それからクレールさんは照れながらも今回の旅行であったことからあまーい新婚生活についても話してくれたので、私たち三人は大いに盛り上がった。

途中、クリフさんがお風呂から上がってきた時はドキッとしたけど。

はぁ……やっぱり新婚生活って幸せいっぱいで素敵っ！

私もいつかレオンさんとそんな生活を……なんて、なんてぇ！

そんな妄想を、ついついしてしまう私だった。


次の日の朝。みんなで朝食を食べ、片付けや準備をしながらクリフさんの運転で勇者の街、アファンへと順調に進んでいる。

昨日盛り上がったぶん、睡眠時間が削られているわけで……アネットを除く女性陣はみんな眠い目を擦《こす》っている。

「アファンにはあとどれくらいで着くんすか？」

オージェに聞かれて、私は外を見る。

「んー予定ではもうすぐ着いてもいい頃なんだけど……あ、あれじゃないかな？」

いや、見た目でわかる。確実にあれだ。

だって、街の外壁の上から、大きな剣のモニュメントの上部が見えているんだもの。

それから少し車を走らせ、手続きして街の中に入る。

すると、アニエちゃんが言っていたことがよくわかった。

街の中が勇者様一色って感じなのだ。

「おぉ！　すげえっす！　あちこち勇者様の絵でいっぱいっす！」

オージェがテンション高く叫んでいるのを見て、チラシを持ったお姉さんが話しかけてくる。

「ようこそ！　勇者様の始まりの街、アファンへ！　こちら、おすすめのお店と観光スポットになります！　ぜひ足を運んでくださいね！」

「ありがとうございます」

レオンさんがそう答えて受け取ったチラシを、みんなで覗き込む。

「勇者様の住んでいた家……勇者様が最初に手にした剣を打った鍛冶場《かじば》……勇者様を祀《まつ》った剣の像……本当に勇者様にまつわる場所ばっかりですわ」

驚きの声を上げるアネットに続いて、アニエちゃんが言う。

「あ、ここは劇の参考になるんじゃない？　勇者様の歴史館」

「それじゃあ、この観光案内に沿っていろいろ巡《めぐ》ってみようか」

私がそう言うと、みんなが頷いた。

車をまたクレールさんとクリフさんに任せて、レオンさんを先頭に、まずは勇者様が住んでいた家へ向かう。

着いてみると、そこには少し古めかしい外観の家があった。

でも、手入れはしっかりされているようだ。

「勇者様の家って、意外と質素《しっそ》な感じだったのね」

アニエちゃんの言葉に、ミシャちゃんが頷く。

「はい。まさか自分の家が観光地になるなんて、本人は思わなかったでしょうね」

そんな会話をしながら次に向かったのは、勇者様の使っていた剣を打ったとされる鍛冶場。

鍛冶場といっても、武器屋も兼ねているらしい。たくさんの剣や防具が並んでいて、奥からカンカンという、金属を叩く音が聞こえてくる。

「いらっしゃいませ。ここは勇者様の武器を打った鍛冶師のいた場所。親方はその子孫です。ゆっくりご覧ください」

そんな店員さんの言葉に従い、みんなで店内を見て回る。

「うん、さすが勇者様の剣を打ったっていうだけあって、フォルジュの職人に勝るとも劣らない品ばかりだ」

「僕はまだ、剣の良し悪《あ》しはわからなくて……」

「どの剣もかっけぇっす！」

そんな男子たちの会話を聞いて、アニエちゃんは「オージェは、フランとは別の意味で価値がわかってないわね……」なんてため息を零した。

次は歴史館に向かうことにした。

入り口にはショーケースがあり、マントや剣や古い文献が飾ってある。

「ようこそ、勇者の歴史館へ。この建物の中にある本は、全て勇者伝説に関するものです。鎧《よろい》や服なども飾ってありますが、お手は触れないようにお願いします」

そんな受付の女の人の案内を受けて、私たちは展示を見てから本を見て回ることにした。

数々の戦いで傷付いた防具や、多くの魔物を倒した剣なんかを見ていると、思わずすごいなぁって思ってしまう。

で、一通り見終わってから、私はレオンさんと一緒に、一番簡単そうな本を探すことにした。

他のみんなは、まだじっくり展示を見たいって感じみたいだし。

「これなんかいいんじゃないかな」

レオンさんが渡してきたのは、表紙に可愛らしいイラストが描かれた絵本だった。

私は本を受け取りつつ頬を膨らませて、レオンさんを見る。

「もう、私のことを子供扱いしないでください」

「子供扱いなんてしていないよ。ただ、勇者伝説に詳しくないサキはこのくらいざっくりした内容の方がいいんじゃないかなって思っただけさ」

「まぁ……それはそうなんですけど」

パラッと絵本を開く。

勇者様は小さな頃から困った人を見ると助けてしまう人で、街の中で彼を知らない人はいない人気者だったみたい。時には八百屋《やおや》さんのお野菜を運ぶのを手伝い、魚屋さんと一緒に魚を釣《つ》り、村の子供と遊び、というようにいろんな人と交流を持っていたから、信用が厚かったんだとか。そんな勇者様が旅に出たきっかけは、魔物が村を襲ってきた時に小さな子供を助けたことだったようだ。

『勇者様は他の人よりも魔力の使い方が上手かったため、戦えない人や弱い人たちを助けるために力を使うのが自分の使命だと感じたのです』と書かれている。

すごいなぁ、私は『英雄』って言われているけど、友達を助けるために必死に動いて、気が付いたら……って感じだし、正義感や使命なんて考えたことないもの。

「勇者様は正義感がとても強いお方だったんですね」

「まぁでも、僕は案外そうでもないんじゃないかなって最近思うようになった」

「そうなんですか？」

「あぁ。もしかしたら、勇者様はひょんなことからそういう立場になってしまったんじゃないかなって。どこかの誰かさんみたいにね」

そう言ってレオンさんは、私に微笑む。

まるで私と勇者様が一緒と言わんばかりだ……。

「鋭いお考えでございます」

私がレオンさんのことをジトーッと見ていると、先ほど受付にいたお姉さんが話しかけてきた。

「すみません、盗《ぬす》み聞きするつもりではなかったのですが」

頭を下げてきたお姉さんに、レオンさんは首を横に振る。

「いいえ。それよりも、『鋭い考え』というのは？」

「はい。こちらの歴史館をご覧になればわかることなのですが、実は勇者様は最初から勇猛果敢《ゆうもうかかん》で温厚篤実《おんこうとくじつ》な方だったわけではない。むしろ元々は泣き虫で争うこと、戦うことが大嫌いな方だったという話もあるんですよ」

「へぇ……でも、それはそういう風に考えた人が、物語の展開上そう書いたということでは？」

「確かにそういう見方もできます。ただ、そうとも断定しにくいのです」

「と、言いますと？」

「先のような語り方をしている作品の作者の多くは、実はこのアファンやアファン周辺の村出身なのです」

なるほど……つまり、勇者様を知る人が書いた可能性が高いということか。

お姉さんは続ける。

「でも、確かめたくても当時のことを知る人はもうアファンに残っていません……もしかしたら勇者様由来の地を巡れば、正解にたどり着けるかも」

「なるほど……実はちょうど今、勇者伝説の劇を作る参考にしようと、勇者様縁《ゆかり》の地を巡っているんですよ」

「そうなんですか。とても素敵です。そうだ」

お姉さんは受付に戻り、何かを持って戻ってきた。

「お荷物にならなければ、こちらをどうぞ」

お姉さんは近くの机に、四冊の本を置いた。

「これは？」

私の質問に、お姉さんは微笑む。

「私がここに勤めてから調べ続けて作成した、数多くある勇者伝説から、史実に近い情報を抜き出した資料です」

「そ、そんな貴重なもの……いただけません」

これはこのお姉さんが何年も研究してきた、いわば成果物に他ならない。

そんな大切なものを受け取るなんて……。

「いいのです。この資料はいわば私の自由研究みたいなもので、表に出すためにまとめていたというわけではありません。そんなものが誰かの役に立つのなら、むしろ喜ばしいのですよ」

お姉さんは、我が子を送り出す親のような目をしている。

それじゃあもらっちゃおうかな……あ、いいこと思いついた！

「それでは、こちらの本を複製させていただいてもいいですか？」

「え？　それは構いませんが、こちらを書き写すとなると、かなり時間がかかりますよ？」

「こちらを使えばすぐにできます」

私は収納空間から、四角い箱型の魔道具を二つ、取り出した。

「その箱は？」

「紙に書いてある文書を複製する道具です」

私は同じく収納空間から取り出した紙の束を二つの箱のうちの片方に入れた。

そしてもう片方の箱にお姉さんの本を入れ、ボタンを押す。

これは分厚い資料をスキャンし、コピーする道具だ。パパにあげた魔道具は一枚ずつしかコピーできないのに対して、これは複数枚同時にスキャンできる。

本やノートをコピーするのが楽になるかもということで作ってみたんだけど、こんな形で役に立つとは。

コピーが終わって紙を取り出してパラパラとめくると、しっかり本の内容が印刷されている。

それを見て、お姉さんは勢いよく口を開く。

「あ、あの！　この道具をお譲りいただくことはできないでしょうか⁉」

「え？」

「私はこの歴史館の本をもっとたくさんの人に読んでいただきたいんです。しかし、これらは貴重な資料。売ることはできません。この道具があればもっといろんな人に勇者様の勇姿を知ってもらえると思うんです！」

そう言って頭を下げるお姉さん。

でも、このコピー機はみんなで資料をまとめる時に使いそうだし……そうだ！

「あ、頭を上げてください！　でもこの道具……コピー機というんですけど、在庫がこれしかなくて……なので、王都にある私のお店に行っていただけませんか？　えっと……」

私はお店の名前と住所が書かれた封筒《ふうとう》にコピー機の設計図を『この紙を持ってきた人にこの設計図を使って、コピー機を作ってあげて』と書いた上で入れて、お姉さんに渡す。

「この紙を、お店にいるキールという少年に渡してください」

お姉さんは、笑顔で頭を下げてくる。

「ありがとうございます！　足を運ばせていただきます！」

「はい、ぜひ！」

話がまとまったのを見て、レオンさんが話しかけてくる。

「サキ、そろそろご飯を食べに行かない？　そろそろみんなも館内を見終わった頃だろうし」

私は頷き、レオンさんとお姉さんとともに、資料館の入り口へ戻る。

レオンさんが言っていた通り、みんなはすでに集まっていた。

クレールさんとクリフさんもいる。

それから全員で昼食に何を食べようかと話し合っていると、お姉さんが口を開く。

「まだお店をお決めになっていないのであれば、冒険者ギルドの横にある食堂に行ってみてはいかがでしょうか。昔、勇者様も通《かよ》っていたという歴史あるお店なんです」

それはいい情報！

私はお姉さんにペコリと頭を下げる。

「ありがとうございます！　早速行ってみます！」

こうして歴史館をあとにした私たちは、冒険者ギルドへ向かう。

「そういえば私、王都以外の冒険者ギルドに行ったことないです」

私がなんの気なしにそう言うと、レオンさんも頷く。

「僕もだよ。時間があったら見に行ってみようか」

「そうですね！」

それから少し歩くと、食堂らしき建物が見えてきた。

『勇者様が通ってた』なんて聞くと長い歴史がありそうだけど、すごく高級なわけではなさそうで、安心する。

「美味そうな匂いがするっす！　うちよりもいい匂いっす！」

「うちよりも？」

私が首を傾げていると、ミシャちゃんが教えてくれる。

「あ、サキちゃんは来たことないんでしたっけ？　オージェくんのご両親は、商業区で大衆食堂を営《いとな》んでらっしゃるんですよ」

「えぇ!?」

初耳だよ！　でも思い返してみれば、前にアニエちゃんが攫《さら》われた時にオージェを迎えに行ったら、ご飯のいい匂いがしていたような……。今度、お店に行ってみよう。

そんなことを考えつつ食堂の中に入ると、たくさんの人で賑《にぎ》わっていた。

だが、客層に偏《かたよ》りがある。

みんな大きな鞄《かばん》を持っているし、服装も街の人とは違う。

きっと、私たちのような旅行客や、別の街から来た商人がほとんどなのだろう。

受付すると、個室を用意してもらえることになった。

部屋のセッティングが終わるまで、私たちはお喋りして待つ。

「このお店は何が美味しいんですかねぇ」

ミシャちゃんの質問に、レオンさんがサラッと答える。

「近くの村の広い牧場と契約しているから、肉料理が美味しいって聞くよ」

「「肉料理!?」」

私とオージェが同じ反応をしたので、みんなに笑われてしまった。

「サキって意外と肉食よね」

「正直に喜ぶサキちゃんも可愛いですよ」

そう言って微笑ましげに私を見るアニエちゃんとミシャちゃん。

ちょっと恥ずかしくなってしまう
そんなタイミングで、切迫《せっぱく》した声が響く。

「あ、お客様!」

「どけ!」

私たちがいる出入り口の方へ、男の人が走ってくる。

店員さんが、その人を指差しつつ、再度叫ぶ。

「だ、誰か!　食い逃げです!」

「ここは俺が……」

クリフさんがそう言った時にはすでに一人が、食い逃げ犯に迫っていた。

「待つっすよ！」

「邪魔だ！」

「ぐえ！」

オージェは食い逃げ犯に真っ先に向かっていったけど、殴《なぐ》り飛ばされてしまった。

でも大丈夫、私とレオンさんもオージェに一瞬だけ遅れて動き出しているから。

「サキ、足」

「はい、レオンさんはカバーを」

私は走ってくる食い逃げ犯の足を払う。そして体勢を崩した食い逃げ犯をレオンさんは鞘《さや》に収めたままの愛剣――ノーチェで叩き伏せた。

「この！」

食い逃げ犯は往生際《おうじょうぎわ》悪く、魔法陣を展開する。

「危ない！」

アニエちゃんはそう叫んで、食い逃げ犯の方に向かって動き出し――

「魔法陣破壊《サークルブレイク》！」

アニエちゃんのつま先が触れた瞬間、魔法陣が粉々《こなごな》に割れた。

「動かないで。次動いたら、今度は私が撃ちます」

私がそう言いながら魔法陣を展開すると、食い逃げ犯はようやく諦めたようで、降伏した。

一瞬静寂《せいじゃく》が流れ、すぐさまわぁっと歓声が上がった。

騒動が収まり、私たちは店員さんに深々と謝罪された。

特にオージェは私の治療を受けながら、ずっと謝り倒されている。

お店的には客――しかも子供が怪我をしたことは大問題なんだろうなぁ。

しかし、オージェはどこ吹く風だ。

「あれくらい大丈夫っすよ！　あんなパンチよりももっとすごいの、普段たくさん受けてるっすからね！」

その『もっとすごいの』を打ち込んできた私たち四人は、そっと目を逸らした。

ちょうどそんなタイミングで、他の店員さんと違う制服に身を包んだ女性がやってきた。

もしかして、店長さんなのかな？

「お客様！　個室のご用意ができました！　本日のお代はサービスさせていただきますので、当店のお料理をお楽しみください」

私たちはお姉さんのあとに続いて、個室へと向かう。

その途中で、お客さんたちがオージェを褒《ほ》めそやしてくる。

「坊主《ぼうず》！　さっきは根性《こんじょう》見せたな！」

「まるで勇者様だな！」

「勇者様御一行《ごいっこう》ってか！」

勇者に憧れているオージェはまんざらでもなさそうにしていた。

そんなことがありながらも個室に通された私たちは、メニューを眺める。

私はふと気になったことを、お姉さんに聞いてみる。

「お姉さん、さっきお客さんがオージェ……金髪の彼のことを『まるで勇者様みたいだ』って言っていたんだけど、どういうこと？」

「このお店は勇者様にご贔屓《ひいき》にしてもらっていました。ですが、勇者様が最初にここに来た際、食い逃げを働いた輩《やから》がいたのです。勇者様はそれを止めようとしてくださいました」

「勇者様なら、誰かさんと違ってカッコよく食い逃げ犯を捕まえたんでしょうね」

アニエちゃんはニヤニヤしつつオージェを見ながらそう言ったのだが、お姉さんはふふっと笑い出した。

「いいえ、それが勇者様は立ち向かったけれど、先ほどの彼と同じように食い逃げ犯に殴り飛ばされたと聞いています。で、その隙に賢者様が魔法で食い逃げ犯を捕まえたんです」

「ふふ、まるっきりさっきと一緒ですね」

くすくす笑うミシャちゃんに、お姉さんは頷く。

「はい。ところで、剣の像は見に行かれましたか？　魔物の襲撃《しゅうげき》の前に勇者様が自分を見つめ直した場所に、モニュメントが立っているのです。まだでしたら、ぜひお食事のあと行ってみてくださいね」

それからお姉さんは注文を聞いて、個室を出ていった。

しばらくして運ばれてきた料理は、絶品だった。

私とオージェはステーキを頼んでいて、運ばれてきた時に同じ喜び方をしてしまったことでまたみんなに笑われてしまったのは、なんだか悔しかったけど。

5 勇者の記憶

トラブルはありながらも楽しく食事を終えて、私たちは剣のモニュメントがある広場に行くことになった。

冒険者ギルドにも興味はあったけど、別の街でも行けるしね。

街の外からでも見えるくらい大きな像は、近くで見るとかなり迫力がある。

そして、観光スポットになっているからか、人が結構いる。

でも、前世の観光スポットみたいに写真を撮るための行列はないし、動きやすい。

この世界にカメラは、ミシャちゃんにあげたやつしかないからね。

そういえば広場の中には、勇者様のお墓もあるって話だったはず。

「勇者様を祀ったっていう場所は……」

「あ、あっちじゃない？」

レオンさんが指した方を見ると、手を合わせている人が数人いるのが見える。

そちらに歩いていくと、勇者様のお墓があった。

モニュメントは大きかったけど、お墓は普通の大きさなんだね。

でもお花や飲み物の瓶《びん》、狼のぬいぐるみなんかが結構な数置いてある。

「お花や飲み物はわかるけど、なんでぬいぐるみ？」

私の質問に答えてくれたのは、アニエちゃんとフランだ。

「勇者様に相棒の狼がいたからじゃないかしら」

「確か勇者様が群れからはぐれていた狼を旅の序盤で拾ったんだよね。で、そこから多くの敵を一緒に倒したのさ。結局群れに戻すことになり、魔王と戦う少し前くらいに別れたんだけど、そのエピソードが感動的で、ファンが多いんだ」

そういえばアクアブルムでオージェが最初、『勇者様と同じ狼のパートナーが欲しい』って言っていたかも。それに、墓石にも『平和をありがとう』という言葉のあとに『勇者　リーデル・相棒キュオ』と書いてある。

「勇者様の名前……リーデルっていうんだ」

「本当にサキは勇者様のことを知らないんすね」

すると、ネルがブレスレットの状態のまま、言葉を介さず意思疎通《いしそつう》する魔法【思念伝達《しねんでんたつ》】を用いて喋る。

『サキ様は五歳の時から私の魔術の本や歴史書を読んでいて、絵本にあまり触れてこなかったですからね』

「へ、へぇ……そうなんすね」

ネル！　変なこと言わないで！　みんなちょっと引いてるじゃない！

「あ、そうだ！　召還《サモン》・テリー！」

オージェがテリーを呼び出し、抱っこする。

「テリー、お前と俺の目標である、勇者様とその相棒のお墓っすよ。いつかこんな風にみんなに人気のコンビになれるように頑張るっすよ」

「ワンッ！」

せっかくなのでみんなで手を合わせる。

こうやって誰かのお墓の前で手を合わせると、いろいろなことに思いを巡らせることができて……大切な時間だなって思う。

以前、森で一緒に過ごしたクマノさん親子のお墓に行った時とは違って、今回はあまり縁のない人のお参りだけど、それでもやっぱりいろいろ考えてしまう。

「縁がないって、そんな寂しいこと言わないでくれよ」

「え？」

目を開けると、真っ白な空間に立っていた。

「こ、ここどこっすか⁉」

「えぇ⁉」

てっきりナーティ様に呼び出されたのかと思ったんだけど……違うみたい。

だって、隣に目を丸くしたオージェとテリーがいるんだもん。

そして、なぜかブレスレットも消えている。

「でもまぁ、清《きよ》らかな心で僕のことを思っていたのは、わかったよ」

目の前でそう口にするのは、十五歳くらいの青年。

彼は続けて言う。

『ようこそ、僕の記憶の中へ』

「記憶……？」

青年は戸惑う私を見て、うーんと悩む仕草を見せてから、話し始めた。

「まずは自己紹介をしておこうか。僕の名前はリーデル・セレファノス。まぁ、みんなが言うところの勇者だよ」

そう言ってひらひらと手を振る青年――もといリーデルさんに対して、オージェとテリーが土下座する。

「ゆ、勇者様っす！　ありがたやーっす！」

「う～ワン！」

「神様じゃないんだから、畏《かしこ》まらなくてもいいって」

そう言ってケラケラ笑うリーデルさん。

彼は続けて手を打ち鳴らすと、説明を続ける。

「さてと、勇者の『記憶』って言ったけれど、今君たちの目の前にいる僕《ぼく》は正確には記憶じゃない。『思念魔力』って言うんだよ」

「し、しねんまりょく……？」

オージェとテリーは首を捻る。

でも、私にとっても馴染《なじ》みのない単語だ。

それを察したのだろう、リーデルさんは説明してくれる。

「魔力自体に魔力の持ち主の意思や思考、記憶を宿らせて特定の場に留めることができるんだ。で、その留めた魔力を、思念魔力と呼ぶ。その魔力があれば、そこを訪れた人や動物と会話をすることも可能なのさ。もっとも、条件はあるけどね」

私は、炎の精霊が灯したという伝承のある火――聖炎《せいえん》の試練を思い出す。

あれは魔力の込められた五本の剣の中から『本物』を選ぶという内容だったわけだけど、剣が話しかけてきたんだ。そう考えると、剣に込められた魔力が、思念魔力だったたってことか。

私は混乱しているオージェに噛み砕いて、思念魔力について説明してあげる。

それを見て、リーデルさんはうんうん頷いた。

「よく勉強してるね。説明が上手だ。それにしても、久しぶりに誰かと話ができて、嬉しいよ」

「こちらこそ貴重な機会をありがとうございます。ところで、さっき条件があるって言っていましたよね？　どういった条件の人となら、お話しできるんですか？」

だけど、リーデルさんは「いやぁ……」と困ったような声を上げて、苦笑いを浮かべた。

「それが、僕にもわからないんだよね」

「えっと、リーデルさんが思念魔力を生み出した……んですよね？」

「実はこの魔法はパスカルがかけたものなんだ。だから、僕は条件をよく知らないんだよ」

なるほど……つまり、リーデルさんの記憶をもとに賢者様であるパスカルさんが魔法を構築した、と。

「まぁそんなわけで、条件はパスカルしか知らないんだよ」

やれやれと言うように両手を肩のあたりまで上げて、リーデルさんは首を横に振った。

そして「ともあれ」と続ける。

「こうしてる間は君たちの時間は止まってるらしいし、せっかく来たんだからいろいろ話を聞かせておくれよ」

ニシシと笑うリーデルさんは、子供みたいに無邪気で明るくて……人懐っこい印象を受ける。

私たちのことを教えてほしいと言われたので、リーデルさんに今回の私たちの旅行のことを話してみた。リーデルさんが生きていた時代は王都に魔法の学園はなかったらしく、それぞれの村や街で魔法に長《た》けた人が指導してくれる、という感じだったみたい。

だから、新鮮なリアクションを見せてくれた。

「それにしても、毎年僕の話を劇にねぇ……なんだか照れちゃうよ」

「勇者様の話はどれもカッコよくて、大好きっす！」

憧れの勇者様を前に、オージェのテンションはいつも以上に高い。

折に触れて、これでもかと勇者様愛を語るものだから、リーデルさんの顔が赤くなっている。

「ところで、この街を出たあとはどういうルートをたどるのかな。今アファンにいるってことは次の街はもしかして魔術の街・ミュラかな？」

さすが勇者様、私たちが勇者様縁の地を巡っていることを聞いて、次の目的地を予想したみたい。

ミュラは昔、勇者であるリーデルさんと、のちに賢者と呼ばれるパスカルさんが出会ったとされている街だ。

「ミュラかぁ……懐かしいなぁ。出会った頃のパスカルはトゲトゲしくて、まさか仲間になるなんて思わなかったよ」

「そうなんすか？　勇者様は賢者様と、とっても仲良しだったって聞いたっす」

「そんな風に広まってるのか……確かに勇者がしょっちゅう賢者に怒られていたなんて言えないしな……」

「え？」

私が聞き返すと、リーデルさんは慌てたように否定する。

「な、なんでもないよ！　それじゃあそのあとはアチューリ、ワパク、ピュニマ、リベリカの順に回っていくのかな？　ずいぶんと忙しい旅だね」

「さ、さすが勇者様っす！　回った街の順も覚えてるんっすね！　でも……ピュニマって街は聞いたことがないっすね」

「え？　そうなのかい？　おかしいなぁ。アチューリでアルク、ワパクでヴィグ、ピュニマでマリーと仲間になったんだけど」

「アルク様とヴィグ様は聞いたことあるっすけど、マリーって人の名前はどの話でも聞いたことないっす」

「マリーの魔法は見事だったから、後世にも伝わってると思っていたよ」

「へぇ……そのマリーさんとは結構いい感じだったんですか？」

マリーって聞くと、ブロンドの長い髪が似合う女性を勝手に思い浮かべてしまう。

しかし、そんな私の質問に、リーデルさんは笑い出した。

「ははっ、マリーは男だよ。そもそもマリーっていうのも愛称だしね」

あぁ、そうなのか……勇者様の恋愛事情、聞いてみたかったのに……。

内心ちょっぴりガッカリしつつも、気を取り直して別の質問をする。

「マリーさんの本名はなんていうんですか？　それならオージェも聞いたことあるかもしれないよ」

「うーん……でも、俺の知ってる話は勇者リーデル様、賢者パスカル様、弓士アルク様、剛腕ヴィグ様の四人しかいないっすよ」

「それは残念だな……。マリーは僕と同じ村の出身だったんだけど、子供の頃に親の都合で村を出て、ピュニマの街で再会したんだ」

つまり、勇者様の幼馴染さんなわけだ。

「それで、お名前は？」

「あぁ、そうだった。彼の名前はマリオネスト。マリオネスト・ロンズデールっていうんだよ」

リーデルさんの言葉を聞いて、私は固まった。

「ロンズデール……!?」

「そ、そんなまさかっすよ!?」

オージェも目を丸くしている。

リーデルさんはそんな私たちを、きょとんと見ていた。

「どうしたんだい？　マリーの名前に、聞き覚えでもあった？」

「実は……」

私は今までロンズデールが何をしてきたのかを話した。

ロンズデールは、国家反逆組織リベリオンの幹部の一人。アニエちゃんの両親を操って王都を襲わせたり、プレシアを攫ったりと、いろいろ悪いことをしているのだ。

すると、リーデルさんは驚きを隠せないといった様子で口を押さえる。

「そんな……だってマリーは僕と同じ年齢で、一緒に旅もしたんだ。あの時だって……」

「あの時？」

「あ、いや……なんでもない」

リーデルさんはそこで言葉を切り、少ししてから覚悟を決めたように口を開く。

「二人とも、これからリベリカに行くんだよね？」

「え？　えぇ、そうですね」

頷いた私に、リーデルさんはとんでもないことを言う。

「僕も連れていってくれないかな」

「えぇ!?」

「そんなことできるんすか?」

私とオージェがそれぞれそう声を上げると、リーデルさんは首を縦に振る。

「昔、パスカルに思念魔力は器さえあれば移動させられるって聞いたことがある。もちろん、難度は高いはずだけど……」

「サキならできるんじゃないっすか?」

「えぇ……? やったことないよ? ネルもいないし」

「そのネルって子がいたらできるのかい?」

「たぶんできる……かもです」

「それじゃあ元の場所に戻ってからでいい。器は……君の体を貸してくれないかい?」

リーデルさんはテリーの頭を撫でる。

何もわかってないテリーは「わふ?」なんて言いながら、首を傾げた。

「しばらくこの子の意思は眠りについた状態になるけど、僕が目的を達したらちゃんと体は返す。約束するよ」

リーデルさんはそう言うが、それ以外にも懸念はある。

「この子は、オージェの魔力によって存在しています。魔力が切れると魔石の中に戻っちゃうんですけど、そうなった時、思念魔力がどうなるのか……」

「申し訳ないんだけど、君ら二人の魔力でなんとか存在を維持してほしい。もし限界が来たら、僕もなけなしの魔力を使おう」

「でも……」

渋る私の意図を察したのか、リーデルさんは優しく笑う。

「君は優しいな。でも、僕の存在が消えてしまったとしても、それは僕が頼んだこと。君が気にする必要はない。元々僕はもう死んでしまった人間なんだ。だから、お願い」

「……」

私たちがミスすれば、思念魔力のリーデルさんが消えてしまうかもしれない。

怖い……だって、私たちのミスで人が死んでしまう可能性があるのだから。

そんな風に二の足を踏んでいた私に代わって声を上げたのは、オージェだ。

「わ、わかったっす！　戻ったらそうするっす！」

そして彼は、私の方に向き直る。

「サキ！　勇者様のお願いを、叶えてあげたいっす！　頼むっす！」

私はもう一度考え直して……やがて頷く。

「……わかりました。でも、一つ条件があります」

「なんだい？」

「それは……」

空間内が白く光る。

「そろそろ君たちが元の世界に戻る時間が来たみたいだ。君の提示する条件が何かわからないが……必ず叶えると約束しよう」

そんなリーデルさんの言葉を最後に光が大きくなり、私は思わず目を閉じる。

そして次に目を開けた時、私たちはお墓の前に立っていた。

私とオージェは、あれが実際の出来事だったと確かめるように顔を見合わせる。

うん、やっぱりオージェも覚えているみたいだね。

そして私は周囲に私たち以外の人たちがいないことを確認し、リーデルさんの墓石に触れつつ、口を開く。

「ネル、私なら思念魔力を移動させられるかな？」

突然の質問に戸惑ったのか数秒してから、ネルの声がする。

『今のサキ様なら可能ではあると思いますが……いったい何をされるつもりでしょうか？』

「実は……」

私は先ほどの話を、ネルとみんなにした。

話の内容にみんなは驚いていたが、ネルは冷静な声で答えてくれる。

『思念魔力の生成となると対象への理解を深める必要がありますし、難度も跳ね上がりますが、移動だけでしたら概《おおむ》ね上手くいくかと。まず魔力探知で勇者様の魔力を探す。それから闇魔法により墓の中から思念魔力を取り出し、それをテリー様に移す、というプロセスを踏めば成功するでしょう』

「わかった」

私は手から墓石に、魔力を流す。

『ただ流すのではなく、思念伝達のように精神へ魔力を伸ばすように。そうすれば、おそらく思念の核《かく》を見つけられるはずです』

ネルの指示の通りにイメージしつつ、私は口を開く。

「第八《オクル》ダクネ」

闇魔法を発動すると、大きな水の中に落ちたような感覚に包まれた。周囲は黒く、暗い。

その奥深く、声が響く。

『来てくれたんだね。こっちだ。もうちょっと』

黒い水の中を深く沈み続け——見つけた。

『ありがとう、約束は守るよ』

私はリーデルさんの思念を持って、元来た道を戻る。

そして、水の中から出た瞬間、目を開ける。

すると、私の手には、小さな光の玉が握られていた。

たぶんこれが、リーデルさんの思念魔力。

それを私は、横にいるオージェの手に抱かれるテリーへと埋め込む。

テリーは一瞬気を失い、しばらくしてからゆっくりと頭を上げた。

「ふぅ、久しぶりに空を見たよ」

テリーが、喋った。

その口調は、紛れもなくリーデルさんのもの。

私は息を吐き、胸を撫で下ろした。

◆

僕——フレルは机に向かい、サキがくれた道具を使って書類を作っている。

すると、今さっき作った書類をまとめてくれているキャロルが、呟いた。

「はぁ……今頃みんな、楽しんでるかしら」

「子供の時のお泊まりって、無条件に楽しいものだろう？　きっと楽しんでるさ」

「そうよねぇ……あーいいなぁ。私も旅行に行きたい」

「まぁ、なかなか難しいだろうね」

「もーそんなはっきりと言わなくてもぉ……」

キャロルはぶつくさ言いながらも、まとめ終わった書類を僕の机に置いた。

「当主を引き継いでから、なかなか休みも取れてないからね。申し訳ないとは思っているんだが……」

僕はそう言いつつも、作り終えた書類をキャロルに手渡し、別の書類に目を通す。

「あーあ……リベリカといえば海産物が美味しくて、滅多に見られない雪原《せつげん》やほっとするあったかい料理だってあるし……」

キャロルはなおも旅行に行きたいアピールをしてくる。

まったく、仕方ないなぁ。

「それじゃあ、僕たちも行ってみるかい？　リベリカに」

「……え⁉　いいの⁉」

「まぁ旅行と言えるかはわからないけどね」

そう言って、僕は手元の書類をキャロルに見せた。

◆

「勇者様、こんなのもありますよぉ」

「あ、ミシャさまずるいですわ！　勇者さま、アネットのも美味しいんですの！」

私――サキたちはアファンを出て、再び車で移動中。

もう夕方なので、クレールさんがご飯を作ってくれるまでまったりと過ごしている。

さっきまでリーデルさんはいろいろなお話をしてくれていたんだけど、それが一段落してからは、ミシャちゃんとアネットにいろんなお菓子を食べさせられているのだ。

二人は『喋るわんちゃん』に心を奪われちゃっているんだね。

そして、リーデルさんも嫌がってはいなそうだ。

「それにしても今の時代は、こんなに美味しいものがたくさんあるんだね。びっくりしたよ。街の様子も全然違っていたしね」

それを横目に見て苦笑いしつつ、レオンさんが聞いてくる。

「そういえば、次の街はどこに行くんだい？」

答えたのは、リーデルさんだった。

「次はミュラだろう？」

「はい、このままリーデルさんが進んだ道のりを行こうかなと思っています。それとは別に、ミュラにはちょっと気になる場所もあって」

「気になる場所？」

フランが首を傾げたので、私はネルに頼んで、前読んでいた本を出してもらった。

それを見て、納得したようにフランは言う。

「あぁ、魔術書塔《グリモアール》か」

私が出してもらったのは、『魔術書塔の全て』という本。

魔術書塔は、その名の通り魔術書を集める機関。一応グリーリア王国内のミュラにあるんだけど、どの国にも属さない独立機関らしい。

以前パパに『様々な魔術を集めて研究している機関って、国にとって危険にならないの？』って聞いたことがある。でも、集めるだけで特にそれを何かに活かしていないから捨て置かれているんだとか。

「魔術書塔の人に私の【空中浮遊《フロート》】を見てもらおうと思って」

まぁ以前プレシアには『魔術書塔で審査されることに興味ない』みたいなことを言ったこともあったけど、折角立ち寄る用事があるのに行かないのももったいない。

空中浮遊の魔術書を作ってくれるようだったら、記念に一冊……なんて。

まぁ魔術書をもらえなくても、魔法を開発したとなれば、中を見学させてくれるかもだし。

「ミュラかぁ。僕が生きていた頃は魔術書塔なんてなかったから、僕も楽しみだよ」

アネットとミシャちゃんの手をすり抜けて私のところにトコトコと歩いてきたリーデルさんは、そう口にする。しかし、次に気の抜けるようなことを言う。

「それよりも、今日の夕ご飯はなんだい？」

さっきあんなにお菓子食べてたのに……。

ちょうどそんなタイミングで、クレールさんがご飯を運んできた。

食事を済ませ、女子は、男子がお風呂から上がるまでリビングでまったりタイム。

私とアニエちゃんはクレールさんの淹れてくれたフルーツティを飲んでいて、ミシャちゃんとアネットはリーデルさんのお腹を撫でている。

「明日の朝にはミュラに着けるかな？」

「今のペースなら着くんじゃない？　魔術の街ねぇ……いったいどんなところなのかしら」

私とアニエちゃんがそう話していると、リーデルさんが口を挟んでくる。

「僕の時代のミュラは、なかなか面白かったよ」

お腹を撫でられて気持ちよさそうに仰向けになっている姿からは、勇者様の威厳も何も感じない。

内心ため息を吐きつつ、私は聞く。

「どんなものがあったんですか？」

「どんなもの……というよりも人かな」

「人？」

「僕らの時はまだまだ魔法が発展してなかったからね。街総出で魔法の実験をしてたのさ。あちこちで爆発が起きたり、一歩歩くと突風で空に飛ばされたり、地面に着地した途端にびちゃびちゃにされたりと、なかなか刺激的だったなぁ」

何それ……楽しそう！

思わず笑顔になってしまう私とは対照的に、若干顔を引き攣《つ》らせるアニエちゃん。

「今はそんなこと……ないわよね？」

『現在のミュラは比較的観光に力を入れています。それ故、昔のような魔法の実験は決められた場所でのみ行われておりますので、リーデル様の時代のようなことは起きないと思われます』

「そう、良かった」

「そうなんだぁ……」

それはちょっと残念。少しくらい刺激があった方が面白そうだけどなぁ。

「サキ、ちょっと残念って思ったでしょ？」

「え!?　そ、そんなことないよ？」

『いいえ、この反応は思ってましたね。刺激があった方が面白そうなのに、などと考えている顔でございます』

「アニエちゃんもネルも！　二人して私の考え、読まないで！」

そんな風にぷんすかしていると、男子たちがお風呂から出てくる。

「それでは私たちもお風呂に行きましょうか」

「そうね」

ミシャちゃんとアニエちゃんがそう言ったので、私も立ち上がろうとして――ふと声が聞こえてきた。

「え？　僕も？」

「勇者様もお風呂に入った方がいいですわ。体は清潔《せいけつ》に保ちませんと」

どうやら、アネットがリーデルさんをお風呂に連れていこうとしているらしい。

「い、いやぁ僕はいいかなぁ。なんていうか、この体になったら水が怖いというかなんというか……」

「勇者様なんですから、シャワーくらい大丈夫ですわぁ」

「い、いやだぁ！」

短い前脚で抵抗しているが、無駄な抵抗だ。

「いやぁぁぁぁ」という叫び声とともにお風呂場へと連れていかれることになるのだった。

お風呂から上がると、男子たちがリビングで歴史館でもらった本を読んでいた。

アネットの腕に抱かれたリーデルさんの様子が尋常《じんじょう》でないのを見て、レオンさんは心配そうな顔つきになる。

「リーデルさん、大丈夫ですか？」

レオンさんの言葉に答えることなく、リーデルさんは「僕は何も見てない……見てない……」と呟き続けている。

「一応中身は男性ですから、ずっと前脚で両目を塞いでたんです」

ミシャちゃんがそう説明すると、オージェは驚愕《きょうがく》の色を顔に浮かべる。

「さ、さすが勇者様っす！　紳士っす！　俺も見習うっす！」

紳士……かなぁ？

っていうか、オージェはその発言をした時点で、もうすでに紳士失格な気もするけど……。

そんな一幕がありつつも、私たちはみんな揃ってまたカードゲームを楽しんだり、のんびりと過ごしたりして、それぞれの部屋へと戻った。

みんなが布団に入り、しばらく経った。

全員静かな寝息を立てているのを確認し、私はそっと女子部屋を出る。

「……やぁ。やっぱり起きてきたね」

「えぇ、聞いておきたいことがあったので」

リビングのソファにちょこんと座っているのは、リーデルさん。

表情は、寂しげにも見える。

「今日は天気がよさそうだね、外で話をしよう」

リーデルさんは短い脚を上げて、扉の方へ歩き出す。

私もそれについていって外の扉を開けてあげると、リーデルさんは地面へと降りてから身軽に車の上へヒョイッとジャンプした。

今も車の隠蔽魔法は発動しているけど、こうして密着していれば見失うことはないだろう。

私は扉を閉めて、空中浮遊を使ってリーデルさんの隣に座った。

「さて、こっちも聞きたいことがあるんだ。条件を聞いていなかったけど、何をお望みなんだい？」

私は唾《つば》を呑み込んでから、口を開く。

「私がこれからする質問に嘘をついたり、はぐらかしたりせずに答えてほしいんです」

「そんなことかい。恩人の頼みだ、遠慮なくなんでも聞いてごらん」

「あの時……何を言いかけたんですか」

私はロンズデールのことを話した時にリーデルさんが零した『あの時だって』という言葉がずっと引っかかっている。

ロンズデールが絡んでる以上、今後のために聞いておくべきだと思うのだ。

少しの間をあけて、リーデルさんが口を開いた。

「サキは、魔王がどんな人か想像できるかい？」

「どんな人って……それは、やっぱり悪い人……？」

私の答えにリーデルさんは「ハハッ」と軽く笑った。

「悪い人かぁ。そうかな、うん。そうかもしれないね」

リーデルさんはまた少し間をあけて、ちょっとだけ声を震わせながら続ける。

「魔王になるのは……心が弱い人だよ」

予想外の回答に、私は息を呑んだ。

「僕たちはリベリカで魔王を倒した。それは正しいよ。さっきみんなが読んでいた勇者伝説の内容は概ね合っている。ただ、唯一違う点は、結末だ」

「結末が違う？」

「サキは魔王を倒したあと、どう物語が終わったか、知っているかい？」

「えっと……魔王を倒して、しばらくしてからリベリカから旅立ったって」

「なるほどね……ちなみに、それよりあとの話を聞いたことはあるかい？」

「そう言われれば……なかったかもしれません」

「そう、あるわけがないんだよ。僕の旅は、魔王との戦いでおしまいだからね」

「おしまい？」

「最後は僕と魔王が戦って、魔王を倒して、僕が死んでおしまい。そういうことだよ」

「で、でもお話では光の精霊の力を借りて魔王を無事に倒して、みんなでまた旅に出たって……」

「それはきっとお話を綺麗にまとめるための創作部分ってところだろう。マリーがお話の中で登場してこなかったみたいに。それじゃあサキには事実を……あの時起きたことを聞いてもらおうかな」

そう言ってリーデルさんは、魔王との戦いの真実を語り出した。

6　魔王との戦い

リベリカに到着した僕——リーデルとそのパーティは、街の惨状に絶句した。

まともに形が残っている建物の方が少なくて、大量の瓦礫《がれき》が散らばっている。

街と表現していいのか悩むほど、僕たちが到着した時のリベリカはひどい有様《ありさま》だった。

「いったい何があったんだ」

「何かに襲われた……のは確かでしょうけど、その何かの正体まではなんとも。とりあえず情報収集しましょう」

アルクの提案に、全員が頷いた。

こうして、手分けして街の中で情報を得ることに。

家は壊されているが、人はそれなりにいる。僕も街の人たちの話を聞いて回ろうと思っていたんだけど……。

「おじいさん！　そんな大きな岩を動かすのは危ない！　僕に任せて！」

「お嬢さん、迷子？　大丈夫、僕と一緒にママを捜そう！」

「お兄さんお困りごと？　街の外で魔物を見たって⁉　様子を見てこよう！　みんなはここであったかくしてて！」

そんな感じで僕は困ってる人を見るたびに助けていたから、集合時間になっても成果なしだった。

全員が揃ったのを確認すると、マリーが口を開く。

「とりあえず、みんなで集めた情報をまとめようか。まず、何があったか……は確認するまでもないだろうな」

僕以外の面々《めんめん》はみんな頷き合っている。

さすがにこのまま知ったかぶりをするのはよくないだろうな。

「あ、あのー……」

「ん？　リーデル、どうかしたか？」

首を傾げているヴィグだけじゃない。みんなの視線が僕に集まっている。

情報収集をしてなかった罪悪感と、みんなが知っているであろう情報を知らない気恥ずかしさがこみ上げ、つい目を逸らしながら右手で頬を掻く。

「あ、あれね。あの情報だよね。うんうん、わかってるんだけど食い違いとかあったらいけないから念のため話しておいた方がいいと思うんだよ」

僕は『いい感じにみんなから情報を聞く流れを作れた！』と思ったんだけど、僕の予想に反してみんなは「はぁ～……」と長めのため息を吐いた。

「リーデル、あなた、さては情報収集をしてなかったんじゃないですか？」

アルクに聞かれて心臓が跳ねたけど、なんとか笑顔を作る。

「そ、そんなことないよ～あ、あはは……」

「リーデル、それじゃあ君から報告をしてみればいいんじゃないかな」

「え⁉」

マリーの提案に、僕の心臓の鼓動は速まる。

「え、えーっと……」

パスカル、ヴィグ、アルクがじっとこちらを見ている。

冷汗が背中を伝うのを感じつつ視線を横に逸らすと、マリーがくすくすと笑っているのが見えた。

謀《はか》ったな、マリー！　お前、僕が人助けしていたのを見ていたんだな⁉　もうこうなりゃ自《や》棄《け》だ！

「入り口近くに住むワガサおじいさんが町長らしいんだけど、この街を出ていった娘さんがお孫さんを連れて帰省《きせい》していたらしいんだ」

「……？　おう、それで？」

ヴィグが首を傾げているが、構うことなく続ける。

「でも、こうなる前に旦那さんがいる街へと戻っていたらしくて、無事だったんだって」

「そ、そう。それは良かったわね」

「ああ！」

パスカルが『良かったわね』と返してくれたから誤魔化せたかなーって思ったけど、切れ者のアルクは「それで、報告はないのですか？」と質問を重ねてくる。

「みんな、リーデルは今日一日ずっと困ってる人を助けて回ってたから、きっと井戸端会議《いどばたかいぎ》程度のご近所情報ならたくさん持ってると思うよ」

マリーが、とうとう本当のことを言ってしまった。

アルクとヴィグは再び長いため息を吐く。

パスカルはいつものように僕の両頬を摘《つ》まんで、強く左右に引っ張った。

「あ、な、たって人はぁ！　小さな人助けも大事だけど！　今はもっとやるべきことがあるでしょうが！」

「ふぁ、ふぁふかる、痛いー」

それからパスカルにこってり絞られ、僕はようやく解放された。

両頬をさすりながらマリーの方をじとーと睨んでみたが、彼はどこ吹く風といった様子で話し始める。

「さてと、本題に入ろうか。このリベリカは、数日前に何者かの襲撃を受けたらしいね。街には一応自警団のような組織もあるみたいだけど、まったく歯が立たず、現在に至ると」

「魔法の規模がそんじょそこらの魔法使いとは比べ物にならなかったらしいわ。魔法を使ったあとはその場に魔力の残滓《ざんし》が残る。それも調べてみたけど……確かにただものじゃないわね」

パスカルに続いて、ヴィグとアルクも口を開く。

「そいつはここからさらに北にある廃城へと向かったらしい。そこを根城にしているのかもしれねぇな」

「ふむ……目的がちょっと見えませんね。食料には一切手をつけていないし、街の人を攫ってもいないらしいですから」

僕はふと思いついたことを口にする。

「その犯人が腕自慢したかっただけとか」

「それ、どこのヴィグよ」

「俺はそんなことしねぇよ！」

「痛い！　なんで僕を叩くんだい⁉」

パスカルのツッコミの文句を僕が受けるという、理不尽極まりない結果になった。

まぁ言い出したのは僕だから、仕方ないけども。

こちらに半目を向けつつ、マリーは話をまとめる。

「目的はともかく、街の人たちはかなり不安そうだね。心身ともに傷を負ってしまっている。治療しながらいろいろ話を聞いたけど……正直いい状況ではない」

「それはすぐに対処しないとよね……」

それから、みんなは唸りながら考え込んでしまった。

僕も少し考えて、アイデアを出す。

「それじゃあ明日、アルクはお城に偵察に行ってくれないか。隠密《おんみつ》行動は得意だろう？　その間僕らは街の人たちを治療しつつ、お手伝いしよう」

「なんであなたが仕切ってんのよ、情報収集サボり」

「でもまぁ、情報収集サボりの案が妥当だな」

「情報収集サボリは、こういう仕切りだけはいつも的確ですからね」

パスカル、ヴィグ、アルクが口々にそう言うので、僕は声を荒らげる。

「変なあだ名つけるの、やめてくれないかな!?」

「まぁまぁ、リーデルも頑張って人の役に立とうとしていたんだから、そのくらいにしてあげようよ」

「マ、マリー!」

マリーに抱きつくと、彼はちょっと嫌そうな顔をする。

そして僕の頬を右手で押しながら、空間魔法を展開してテントや野宿に必要な道具を取り出した。

「本当に便利ね、あなたの空間魔法。上級魔法使いの中でも、使える人間はそういないでしょう?」

「パスカルだって全ての属性の魔法を使えるんだから、やってみたらできるんじゃないかな?」

「だってその魔法、自分で作り出した空間を制御するんでしょう？　めんどくさそう」

「できないと言わないあたり、さすが賢者様だね」

そこからはいつも通りそれぞれが野宿の準備を進める。

いち早く支度を終えた僕とアルクが狩りに行こうとしたら、街の人から食料を分けてもらえたので、その必要はなくなった。

なんでも僕やマリーが街の人たちを手伝ったり治療したりしたことに対する、お礼なんだとか。

加えて、『宿が復旧し次第、そこに泊まってほしい』とも町長さんに言われた。

「それなら僕たちもお手伝いしますよ！」

僕がそう言うと、町長さんは目を輝かせる。

「助かるのぉ！　リーデルくんは、本当に我らの希望じゃ」

それからは町長さんと僕の会話を聞いて集まってきた街の人を巻き込み……『街の復旧がんばろー！』というような趣旨《しゅし》の宴会《えんかい》が始まるのだった。


そして次の日。

夕方までには街の復旧作業がかなり進んだので、あとは街の人たちだけでも大丈夫だろう。

そんなタイミングで、アルクが帰ってきた。

『重大な情報を掴んだ』と彼女は言っていたが、時間が時間なので、ひとまず食事を取ることに。

そして食事が終わり、僕らは今日建て直したばかりの宿の一室に集まっていた。

「さて、全員揃いましたね。まずは城の状況から。正直言って、かなりよくない状況と言えますね。城に近づくだけでパスカルやマリーほど魔法が得意でない私でも、禍々《まがまが》しい魔力が溢れているのを感知できました。そしてその魔力に惹かれてか、城の周囲に魔物が集まってきているのです」

僕は、生唾を呑みつつ聞く。

「その魔力の主は、確認できたのか？」

「できました。でも……」

アルクはそこで言葉を一度切り、自分の体を抱くように腕を組むと険《けわ》しい表情になった。

「私は……リーデルやヴィグ、パスカル、マリーが強いことを知っています。でも、あの化け物とあなたたちを戦わせたくないと思ってしまっているのです……」

アルクの見立てはいつも正しいし、その危機察知能力の高さにこれまで何度も助けられている。

そのアルクがこうまで怯えているのは、それだけ今回の敵が危険ということだ。

それは誰もがわかっている。無言の時間が流れる。

「明日、そいつのところへ向かおう」

そう言った僕の肩に、ヴィグが手を置く。

「おい、アルクがこう言ってんだぞ。わざわざ危険な敵のところに行く必要なんてないだろ」

「それじゃあどうするの？　魔物に街が襲われるかもしれない状態で、戦う術《すべ》を持ってる僕たちが何もせずこのまま逃げるのかい？」

「そうは言ってねぇ。街の人たちに事情を説明して、他の街に避難させるとかいろいろやりようが――」

「この街に思い入れのある人たちもいるだろうし、町長さんのようなお年寄りにとって、長距離移動がどれだけ負担になるか、考えたらわかるだろう？」

「ヴィグ、こうなったらリーデルは聞かないわよ」

パスカルがそう言うが、ヴィグはまだ納得していないようだ。

「それは知っている。だが、アルクの言葉だって無視できねぇだろ」

「危険と感じたらちゃんと撤退すること。それを前提に城に行くのなら、いいんじゃないかい？」

マリーがそこまで言っても、ヴィグは首を縦に振らない。

「そんな危険なやつを相手に、無事に撤退できるかわからないだろ」

「そんなにアルクが心配～？」

パスカルがニマニマしながら揶揄《からか》うように言うと、ヴィグは頬を赤くする。

「ばっ、そんなんじゃねぇ！　ただ俺は危険だとわかってるところにわざわざ向かう必要性をだな……」

「私なら大丈夫ですよ、ヴィグ。私たちの旅はいつも危険だらけでしたが、どれもみんなで乗り越えてきたのです。私はみんなよりも人一倍臆病《おくびょう》だから、みんなを危険にさらしたくないって思ってしまうだけ。まぁリーデルはすぐに無茶をしようとするので、改めてほしくはありますが」

「僕だけじゃないさ！　ヴィグだってたまに無茶してたとも！」

「自覚してんじゃねーかよ！　あと俺を巻き込むな！」

「痛い！」

ヴィグに叩かれて、僕は頭を押さえる。

それを見て、アルクとパスカルとマリーが笑った。

「……ッチ、わかったよ。ただし、危ねぇと判断したらすぐに撤退だ。いいか？」

僕はヴィグの目を真っ直ぐ見て、言う。

「もちろんさ」

そして、次の日。

僕たちは装備を整えて、アルクの案内で城へと向かった。

昨日アルクが言っていた通り、近づくにつれて危険な魔物が増えていく。

だが、アルクが隠密用の魔法を使えるので、僕らは魔物に気付かれず、廃城へたどり着くことができた。

城に入る前からわかってはいたけど、漂《ただよ》う魔力は異質だ。

それに濃密すぎて、息苦しくてたまらない。

「この魔力の源たる魔の者は、城の奥——王の間にいます」

アルクの言葉に対し、ヴィグは吐き捨てるように言う。

「けっ、廃城の王様気取りかよ」

城の外にいる魔物もさすがにこの魔力の中には入ってこられないのか、城の中に生き物の気配はない。すんなり王の間までたどり着いた。

しかし扉に手を触れた途端、部屋の中で魔力が高まるのを感じる。

「リーデル！　離れなさい！」

パスカルが叫ぶのとほぼ同時に、ヴィグが僕を引っ張って扉から引き離した。

「第七《セプル》ライト！」

全員を守るようにパスカルが盾の魔法を唱えると、その直後に扉が弾けた。

古い建物故か埃と煙《けむり》が猛烈に立ち上るが、アルクがそれを風魔法で吹き飛ばす。

すると、崩れかけた壁や柱、転がった瓦礫の奥に設えられた椅子《いす》に、白髪《しらが》の男が座っているのが見える。

「お前が、街を破壊した張本人か」

「……ああ、その通りだ。貴様は？」

「僕はリーデル・セレファノス！　お前はなぜ街を襲った？　そのせいで、どれだけ街の人が辛い思いをしたと思っているんだ」

「さあな。そんなもの私には関係ない。なんだ？　街の住人にお前の家族、それとも惚《ほ》れた女でもいたのか？」

「そうじゃない。だが、短い時間でも一緒に過ごせばわかることもある！」

「わかる？　いったい何がだ」

「あの心優しい街の人たちが、襲われなければいけないようなことはしてないってことがだよ！」

僕は腰の剣を引き抜き、鋒を白髪の男へと向ける。それを見てみんなも武器を構える。

白髪の男はのんびりと椅子から立ち上がった。

その表情は、少し笑っているようにすら見える。

「そういえば名乗っていなかったな。私の名はシヴェルデ。せいぜい楽しませてくれよ。リーデル！」

シヴェルデが僕の名前を叫ぶと、空中に大量の穴が空く。

直後、そこから黒い矢が放たれた。

「第七《セプル》ライト！」

パスカルが再び盾を展開して矢を防ぐのと同時に、僕とヴィグ、そしてマリーはその横を抜け、シヴェルデへと駆ける。

「第五《クイル》グランド！」

ヴィグは土魔法で自らの腕を強化し、シヴェルデへ向けて拳を振るう。

しかし彼はそれをひらりと躱《かわ》す。

避ける先を予測していたマリーが、空間魔法の檻《おり》を展開する。

「第三《トリル》ディジョン・【ボックス】」

シヴェルデは、影の鎖《くさり》を柱に飛ばし着地点をずらすが――

「読んでたよ！」

僕はそう口にして、剣を炎魔法で加速させてシヴェルデへ振り下ろす。

しかしシヴェルデは影で剣を作り、それを受けた。

「奇遇だな。私も読んでいたぞ」

「第六《セクル》ウィンド！」

「第六《セクル》アクア・【氷槍《ひょうそう》】！」

僕と鍔《つば》迫《ぜ》り合いを演じているシヴェルデに向かって、アルクが風魔法で速度と強度を増した矢を、パスカルが氷の槍を放った。

しかし、それすらシヴェルデが作り出した影の壁によって防がれてしまう。

「なかなかの連携だな。やるじゃないか」

「僕たちはこれまでたくさんの冒険をともにしてきた。このくらい当然さ」

「では……その連携から崩すとしよう」

そんな言葉とともに、腕が急に軽くなる。

すり抜けられた⁉

シヴェルデは煙のような形状になり、ヴィグの方へ向かう。

「まずは貴様だ」

ヴィグは、そう口にするシヴェルデにカウンターを見舞うべく、拳を振るう。

しかしシヴェルデはそれを易々《やすやす》と避け、ヴィグの頭を鷲掴《わしづか》みにする。

「【インヴェイジョン】」

「ぐっ！　うおおおぉぉぉ！」

彼の体を、黒い稲妻《いなずま》が貫いた。

叫び声を上げたヴィグだったが、すぐさま静かになってしまう。

「ヴィグから離れなさい！」

パスカルがヴィグの頭を掴んだままのシヴェルデに、再び氷の槍を放つ。

だが、シヴェルデはまた黒い煙になって避ける。

ヴィグはそのまま倒れ――ない。立ったまま気を失っているようだ。

そんな彼の元に、アルクが向かう。

そして「ヴィグ！　大丈夫ですか⁉」と声をかけると、ヴィグの顔はゆっくりとアルクの方を向いた。

しかしアルクが「よかった……」とヴィグに触れようとした瞬間――ヴィグの拳がアルクの腹へと突き刺さる。

アルクは、パスカルの近くまで吹き飛ばされた。

「がっ！　げほっ、う、うぅ……」

突然のことに、パスカルが声を上げる。

「アルク！　ちょっとヴィグ！　どういうつもりよ！」

僕らも驚きを隠せない。仲間のことを第一に考えて、自ら盾となって守ってきてくれたヴィグがよりにもよって想い人であるアルクに攻撃するなんて、ありえないのだ。

「シヴェルデ……ヴィグに何をした！」

僕が怒りを込めて叫んだ。

それを聞いて、シヴェルデは笑みを浮かべる。

「クックック……精神を支配したのだ。こいつは今、私に体を操られている。さぞ、楽しんでくれていることだろうな。長く旅をともにしてきた仲間を自らの手で倒すのは、快感だろう！」

ヴィグは、シヴェルデの元へと歩いていく。

瞳の奥に光はないが、意識が戻ったら相当自分を責めるに違いない。

「き、貴様ぁ！」

僕は走り出し、シヴェルデへ向かって剣を振り下ろす――が、ヴィグが立ちはだかる。

「くっ！」

「ははは、っ！　やはり貴様は仲間のことを攻撃できんのだな！」

ヴィグはそのまま攻撃を始めるが、シヴェルデの言葉通り、僕はそれを避け続けることしかできない。その隙にシヴェルデは、パスカルたちの方へ歩いていく。

「ヴィグ……やめなさい！　あなたはそんなことをする人じゃないでしょう！」

「声は届かんよ。貴様も楽にしてやる」

「きゃあ！」

シヴェルデはパスカルを蹴り飛ばし、隣にいるアルクの頭を掴んだ。

するとアルクも糸が切れたように気を失い、倒れる。

そしてフラフラと立ち上がると、弓を僕たちへと向けた。

「まずい……マリー！」

「わかってる！　第一《シグル》ユニク！」

マリーは僕の意図を察して魔法でアルクの矢筒《やづつ》から矢を奪う。

しかし、シヴェルデは「甘いな」と口にすると、アルクの矢筒の中に、影で矢を作り出す。

アルクはそれを番《つが》えると、未だ倒れたままのパスカル目掛けて、放った。

「パスカルっ！」

僕はパスカルの前に炎魔法を使って移動し、どうにか矢を剣で弾く。

「パスカル、大丈夫か⁉」

「え、えぇ。ありがとう」

「二人とも、大丈夫？」

マリーも合流したが……その間にシヴェルデはアルクとヴィグを自分の前に移動させていた。

「自慢のお仲間と戦う気分はどうだ？」

「この……悪趣味の変態！　リーデルがいったいどんな気持ちだと──」

悪態を吐くパスカルを手で制し、僕は一歩前に出る。

「お前を倒せば、二人は元に戻るのか」

「そうだとしたら？」

「……命を投げうってでもお前を、殺す」

「く、くくく……いいぞ、面白い！　やれるものなら、やってみるがいい！」

僕はそんなシヴェルデの言葉を聞きながら振り返り、小声で言う。

「パスカル、マリー、なんとか僕がやつの懐《ふところ》へ飛び込むための手助けをしてくれないか？」

「リーデル、無茶だ！　君は彼らを攻撃できないだろ！」

心配そうに言うマリーに、僕は笑いかける。

「だからこうして頼んでいるんだ。僕は攻撃する手段しか持っていないけど、君たちならヴィグとアルクを傷つけずに足止めできるだろ？」

「……勝てる見込みはあるの？」

声を低めてそう聞いてくるパスカルに対して、僕は答える。

「……絶対に勝つ」

「……はぁ、わかったわ」

「パスカル！」

「それじゃあ、頼んだよ」

「リーデル！　待てって！　……あーもう！」

マリーの制止を無視して、僕は走り出した。

僕は炎魔法しか使えない。だが足を離す瞬間や、剣を振る瞬間に小さな爆発を起こすことで速度を上げたり、自分の体温を上げることで一時的に身体能力を上げたりと工夫を重ねてきた。

それに戦闘における嗅覚《きゅうかく》には、自信がある！

まず、ヴィグが僕に突っ込んできた。

その後ろには矢を番えるアルクが見える。

「マリーはヴィグをなんとかして。私はアルクを抑えるから」

「わかった！」

そんな二人の会話を聞きつつ、僕はしっかりシヴェルデを見据える。

「行くぞ……シヴェルデ！」

足元で炎を爆発させ、高速で移動する。

当然ヴィグとアルクが僕を阻むように攻撃してくるが――仲間を信じて無視だ！

「第七《セプル》ダクネ！」

「第一《シグル》ライト！」

マリーはヴィグを黒い糸で縛り、パスカルはアルクが放つ無数の矢をバリアで防ぐ。

おかげで僕は、シヴェルデの懐へ飛び込めた。

激しい剣の打ち合いが、再開される。

「後ろを気にしなくていいのか？」

ここで後ろを振り向いてパスカルとマリーを心配するのは、二人への侮辱《ぶじょく》だ。

僕にできるのはいち早く、目の前の敵を倒すこと！

剣速をさらに上げ、シヴェルデの剣を弾く。

……いける！

僕の剣がシヴェルデの首に届く――寸前、背中に強い衝撃が走り、僕はシヴェルデの足元に倒れた。

「な……にが」

後ろの方へ目を向けると、パスカルが虚ろな目でこちらに杖《つえ》を向けていた。

「パス……カル」

その隣にいるマリーの目にも、生気が宿っていない。

「クックック……闇魔法を使ったのが良くなかったなぁ。マリーとかいう男が使った闇魔法の回路を乗っ取る形で、精神支配の魔法をかけさせてもらったのだ。そして、魔術師の女も私に対しては警戒していたようだが、味方に対して防衛策を取っているわけもなく。その男を介して魔法を使ったら、すぐさま我が手中だ。所詮《しょせん》お前らは烏合《うごう》の衆《しゅう》。今までの冒険とやらも、大したことのない道楽旅のようなものだったのだろう。無駄な時間を過ごしてきたものだ」

「ぐっ……」

シヴェルデは僕の頭を踏みつけ、小馬鹿にするように笑った。

悔しい……僕のことはいい。でも、今まで旅をしてきた仲間たちのことを侮辱されると、息ができないほど胸が痛くなる。

僕に力があれば……もっとみんなを守れるだけの魔法や技を学んでおけば……!

くそ……なんて僕は無力なんだ!

絶望と後悔に支配される僕の頭の中に、馴染みのない声が響いた。

『大丈夫か?』

大丈夫なものか……大切な仲間を、取り戻したくても取り戻せないんだから。

僕はどうなってもいいから、仲間たちだけでも助けたい……!

『自分よりも仲間を優先する、か。いいだろう。俺が力を貸してやる。まだ動けるか?』

この声が何かもわからないし、信用できるのかなんてもっとわからない。

しかし……この声からは、優しい雰囲気を感じる。

「さて、もう飽きた。お前も操ってやろう。そしてお前らに、もう一度街を襲わせる。愉快だな！　クハハ‼」

そう言ってシヴェルデは僕の頭へと、右手を伸ばす。

再度、あの声が響く。

『俺の名はシャイン。本当はいろいろと段取りやら契約やらが必要なんだが、どうもお前のことを気に入っちまった。だから友人として力を貸してやらぁ。ほら、名前を呼びな』

シヴェルデの手が僕の頭に触れる直前、僕は剣を握る手にギュッと力を込める。

「力を貸してくれ……シャイン！」

「何っ⁉」

シャインの名を叫ぶと、僕の体が光り出した。

シヴェルデは、数歩下がる。

僕はゆっくり立ち上がり、剣を構えた。

僕の右側から声がする。

「よう、調子はどうだ？　リーデル」

声のした方を見ると、右肩に白い光を放つ犬が乗っていた。

「君がシャインか？」

「おうよ。俺は光の精霊、シャイン。今回だけ力を貸してやるぜ」

なんだか見た目に反して、とても男前な声をしているな……。

それにしても……犬か。相棒のキュオを思い出して、なんだか安心する。

シヴェルデは、初めて動揺《どうよう》したような声を上げる。

「シャイン……貴様！」

「久しぶりだな、お前のやってることはこいつらの目を借りて見てたぜ。シヴェルデ」

「また邪魔をしようというのか！」

「何度でも、だぜ。俺は人間が好きだからな」

「くっ……やれ！」

シヴェルデが手をこちらに向けると、操られた仲間たちが僕目掛けて駆け出す。

「可哀想に。今、楽にしてやる」

シャインは僕の肩から下りる。

彼が着地したところに魔法陣が展開され、そこから光のベールが生み出された。

それが仲間たちを包むと、みんなは意識を奪われたように動きを止め、倒れた。

「みんな⁉」

「安心しな、精神支配の魔法を、俺の浄化の力で解いたのさ。今は、気絶しているだけだ」

シャインの説明を聞いて、胸を撫で下ろす。

これで敵に集中できるな。

「シャインが味方についたからなんだと……うっ！」

シヴェルデは驚愕したように、声を上げる。

一瞬で間合いを詰めたから。僕はそのまま、剣を横に振るう。

シヴェルデはギリギリで影の剣を作り、それを受け止めた。

でも、少し力を入れただけで影の剣は簡単に吹き飛ぶ。

シャインは言う。

「今お前は選ばれし者しか踏み入れられない領域、第十《デキャル》の域に到達している。昔は精霊魔法なんて呼ばれていたがな」

第十《デキャル》の域!? パスカルがずっと研究していた魔法の最高域じゃないか。

「そんで、第十《デキャル》の域に達した者の体は、『魔属化《まぞくか》』する。その身に宿した精霊の司《つかさど》る属性の特徴を最大限に引き出せるようになるわけだ。俺は光属性を司る精霊。故にお前は光速で動けるようになったんだよ」

そんな風に説明を受けている間にシヴェルデは起き上がり、こちらに手を向けていた。

「左手を前に掲げろ！」

「う、うん！」

シャインに言われた通りにしたと同時に、シヴェルデが影の矢を大量に飛ばしてきた。

すると、僕の背後から生み出された光の矢がそれを勝手に迎撃してくれた。

なんて便利なんだ。これなら楽勝じゃないか……なんて思っていると、甘い考えを咎《とが》めるようにシャインが言う。

「いいか、第十の魔法は体への負担が凄まじい。だから最速で決めろ。もって三分だ」

「わかった」

シヴェルデの魔法がやんだと同時に、僕は再びシヴェルデに肉薄する。

すると、またしてもシャインの声がする。

「魔法は俺に任せろ。お前はやつにだけ集中しな」

「ありがとう！」

それからは、一方的な展開だった。

そもそもシャインに強化される前から、単純な剣戟では僕に分があった。魔法による妨害はシャインが防いでくれるので、ひたすら剣を振るい、シヴェルデの体に傷を刻んでいく。

そして三分経つと、シヴェルデは僕の前で膝をつき、剣に胸を貫かれ、口から血を流していた。

「ク……シャイン……お前さえいなければ……」

そう言い残してうつぶせに倒れたシヴェルデに、シャインは言い放つ。

「懲《こ》りねぇな。お前が世界を滅ぼそうとしたら、何度だって止めてやるって言ったろ？」

「ん……私……」

後ろから、パスカルの声が聞こえた。

振り返ると、他のみんなも呻《うめ》きながら身を起こそうとしている。

僕は、フラフラとみんなの元に歩いていく。

「みんな、よかっ――」

みんなのところにたどり着く前に足の力が抜けて躓《つまず》いてしまうが、ヴィグが受け止めてくれた。

「ありがとう、ヴィグ」

「リーデル……すまなかった……俺が弱いばかりに、お前たちを傷付けてしまった……」

「何を言ってるのさ、君は今まで僕たちのことをたくさん助けてくれた。今更こんなの、なんとも思わないさ。こうやって無事に敵を討つことができたんだから、結果オーライだよ」

これで大団円。あとは帰るだけ――

『最後まで油断してはならないと、教わらなかったのか？』

頭の中に声が響いた。次いで、腹部に強い痛みを感じる。

視線を下に向けると、そこには影の矢が突き刺さっていた。

みんなが心配して僕のところへ駆け寄るが……何かどす黒い魔力が湧き上がってくるのを感じる。

ダメだ、巻き込みかねない。

「みん……な、離れて……」

それだけ言い残すと、強い眠気に襲われ、意識を失ってしまう。


「おいリーデル！　目を覚ませ！」

『はっ！』

シャインの声で目を覚ましたものの、体が動かせない。

というよりも、体が勝手に動いているような感覚がある。

そして目に映るのは、戦っている仲間の姿だった。

なぜ僕はみんなと戦っているんだ⁉　どういう状況だ！　僕は、どれくらい意識を失っていたんだ⁉

僕は頭の中で念じる。

『みんな！　くそっ！　やめろ！　動くな僕の体！　シャイン、なんとかできないのか⁉』

「無理だ……お前の精神が目覚めればどうにかなるかと思ったが、やつの魔力はかなり強い。俺たち精霊は、契約によって依代《よりしろ》を得ないと動けねぇ。お前の仲間の中に、俺に適合するやつがいたならそっちから干渉するって手もあったんだが……この中で俺と適合するのはお前だけだった」

シャインがそう説明する間にも、仲間たちは傷を負っていく。

そして、ついにパスカルに剣を突き刺さんと、僕が構えた。

『やめろ……やめろぉ！』

パスカル、パスカル！　頼む、止まれ！

僕が今までの人生で一番強く願うと――なぜか、体が動かせるようになった。

「はぁ……はぁ……よかった」

僕はそう口にすると剣を下ろして、地面に転ぶパスカルへ、手を伸ばす。

「リーデル……？」

「あぁ、ごめんよ。操られているとはいえ、君を……君たちを傷つけた」

「そんなのいいのよ。だ、大丈夫なの？」

そう言われて自分の胸に手を当てると、僕の体を再び支配せんとシヴェルデが暴れ回っているのがわかる。

シャインが頑張って抑えてくれているようだけど、そう長くは持たないな。

「予断を許さない状態だ。そのうちシヴェルデは僕の体を奪い、君たちや街の人たちを襲うに違いない。いろいろ考えたんだが、これ以上被害を出さないためには、こうするしかない」

僕は柄《つか》をマリーの方に向け、剣を渡そうとする。

しかしマリーは、剣を手で弾いた。

「ふ、ふざけるな！　そんな……他にも何か方法があるはずだ！」

「あるかもしれないけど、それを考える時間がない」

「だからって……そんなことって……」

今シヴェルデは魔法を使い、僕と同化しているような状態だ。つまり僕が今シヴェルデを抑えているうちに殺してもらえば、自分の魂と肉体ごとシヴェルデの魂も殺せる。

「マリー、どけ」

ヴィグが立ち尽くすマリーを横に退《ど》けて、僕の剣を拾い上げ、鞘から引き抜いた。

「すまない、ヴィグ」

「なぁに、お前にだけ背負わせたくねぇってだけだ」

ヴィグが僕の胸に、鋒を向ける。

僕はそれを見て微笑み、仲間たちを順に見る。

「ヴィグ、あとのことは頼んだよ。この先、こんな悲しいことが起きないようにみんなを守ってくれ」

「あぁ、任せておけ」

「アルク、ヴィグのことをしっかり支えてあげてくれ。幸せになってね」

「リーデル……ごめんなさい……。わかりました……私が、あなたの分も……きっと」

「マリー、君と出会えたおかげで、僕は人の役に立つ人間になろうと思えたんだ。ありがとう」

「待て、待つんだ。今、別の方法を考えるから……」

「パスカル……」

「リーデル……」

やっぱりこれだけは伝えなきゃ、死んでも死にきれないよな。

「愛してる。君のことがずっと……好きだったよ」

「……っ」

僕の言葉を聞いて、パスカルの目から涙が溢れた。

そして、彼女は泣き崩れる。

ギリギリだったが、言えてよかった。

体の制御を奪われかけているのだろう、右足が意思に反して一歩後ろに下がる。

「もう時間が残されていない。ヴィグ……頼む」

「ヴィグ……！　待て、もう少しだけ時間を……」

マリーがヴィグを止める。ヴィグの手が、迷うように震えた。

しょうがないなぁ……。

僕は、後ろに下がろうとする体を無理やり意志の力でその場に留め、自分の胸に剣が刺さるように体勢を崩した。

◆

「これが僕の最後の冒険の、全てだ」

そう話をまとめたリーデルさんの声音《こわね》から私――サキは寂しさと、ほんの少しの後悔を感じた。

きっとリーデルさんも、仲間ともっと旅をしたかったんだと思う。

でも、街の人や、何よりも大切な仲間のために辛い決断をした。

それを心から尊敬すると同時に、仲間の死を避けるために最後まで足掻《あが》こうとしたロンズデールがどんな気持ちだったか、どうしても思いを馳《は》せてしまう。

「結局、最後の魔王は僕だったたってわけさ。なんだか皮肉な話だよね」

「そのあとは、どうなったんですか？」

「わからない……知っている情報といえば、僕の体の中に残留していた魔力をパスカルが集めて、しばらくしてお墓に込めてくれたんだろうってことくらいかな。君たちに会うまで、ずっとあそこにいたから、情報の集めようもないし」

そこでリーデルさんは言葉を切り、声を明るくする。

「で、サキが知りたいのは、『あの時だって』のあとに何を言おうとしたのか、だったかな。『あの時だって、あんなに僕のことを気遣ってくれていたのに』だよ。これで満足したかな？」

「……はい」

「あの時の僕の選択は間違ってると思うかい？」

「……わかりません」

「そっか、ごめんね。意地悪なことを聞いた。夜風が冷たくなってきた、そろそろ休もうか。明日はせっかくミュラに行くのに、あくびばかりじゃもったいないしね」

私たちはそのまま、車の中に戻るのだった。

7　魔術書塔

翌朝、朝食を済ませて外を見ると、ミュラが見えた。

街の外壁から、塔が飛び出ているのが見える。

「あれが、ミュラ……」

あれが魔術書塔かな。

ただ石でできた塔のように見えるけど、うっすらと緑色の光の線が入っている。

あんな建物、この世界に来てから見たことない。どうやって光っているんだろう……？

車がミュラに入ってから、クレールさんとクリフさんに車を預けて、また街の散策。

私とレオンさんが魔術書塔へ審査の手続きをしに行こうと歩き出すと、リーデルさんが言う。

「サキ、僕も一緒に塔へ行ってもいいかな」

すると、アネットが悲しそうな声を上げる。

「え⁉　勇者さまは、私とミュラを回らないんですの⁉」

「え？　えーっと……」

リーデルさんはアネットの思いを無下《むげ》にするのも気が咎めるようで、困っている。

「アネット、ミュラは勇者様の思い出の場所なんだから、好きなところに行かせてあげなよ」

「うぅ……わかりましたわ」

フランが説得してくれたおかげで、アネットは渋々別行動を了解してくれた。

だが、その代わりに魔術書塔までは大人しくアネットに抱っこされるという条件をつけられた。

おかげでアネットは、心底満足そうだ。

こうしてミュラの街を歩き始めたんだけど……。

「魔術の街だけあって、王都とは全然違うのね」

アニエちゃんの言う通り、ミュラの街並みは王都とはまったく違う。

王都の建物は比較的、前の世界の外国に近い。

レンガ造りの舗装《ほそう》された道に、植物に彩《いろど》られた街並み。お店ではない平民区の一般のお家ですら綺麗なお花や置物が飾られているなど、オシャレなのだ。

でも、ミュラは今にも噛みついてくるんじゃないかと思うような怖い花や、明らかに風で動いているわけではないであろう揺れ方をする木なんていう、不気味なもので溢れている。

家も鼠色《ねずみいろ》の豆腐《とうふ》にしか見えない、真四角で無機質なものが多いし。

「まぁ、昔よりは家らしい家が並んでいるかな」

「昔はどんなだったのよ……」

呆れたようにリーデルさんの感想にツッコミを入れるアニエちゃん。

それから少し歩いていると、ミシャちゃんが声を上げる。

「あ、服屋さんがありますね！　私、少し見に行ってもいいですか？」

「私もちょっと気になるかも」

「私も！」

ミシャちゃん、アニエちゃん、アネットの三人は服屋さんに行きたいようだ。

次いで、フランとオージェも言う。

「近くに面白そうな雑貨店もあるね。見てみようかな」

「俺もついていくっす！」

それを受けて、レオンさんが口を開く。

「じゃあ、ここからは別行動にしよう。僕らは魔術書塔に向かうから、あとで合流する形で」

こうして私、レオンさん、リーデルさんの三人（二人と一匹？）になると、リーデルさんがため息を吐く。

「ふう、やっと解放された」

「昔も今も、勇者様は人気なんですね」

私がそう言うと、リーデルさんはもう一つ大きく嘆息《たんそく》した。

「ありがたいことにね」

アネットたちに限った話ではない。

犬の姿になってるリーデルさんを、すれ違う人たちが不思議そうに見ているのだ。

「ミュラの人たちは魔力を目視できる、不思議な目を持ってるんだ。そんな彼らから見ると、僕は目立つのかもね」

私も魔力を視認できるスキル【魔視《まし》の眼《まなこ》】を使ってリーデルさんを見てみる。

確かに二種類の色の魔力が、渦巻《うずま》きつつ混ざって見えるね。

リーデルさんとテリーの魔力が混ざり合っているからかな。確かに目立つ。

それから街並みを眺めつつ、十分ほど歩くと――

「着いたね。近くで見ると、ここまで大きいとは」

レオンさんの言う通り、魔術書塔は本当に高く、大きい。

昔、アクアブルムで対峙したクラーケンを思い出すくらいだ。

早速、魔術書塔の扉の前に立っている魔術師さんに話しかけてみる。

「あの、すみません」

「なにヨウだ」

「私の作った魔法を見てほしいんです」

「グリモアールのシンサをウケたいと？」

「はい」

「では、それにタル、マジュツシであることをショウメイせよ！」

そう言うが早いか、魔術師はこちらに杖を向け、炎魔法を放ってきた。

「サキ！」

「オマエたちは、テダシするな」

魔術師は私を助けようと動くレオンさんとリーデルさんを、光魔法で作った檻の中に閉じ込める。

私は炎魔法を避けつつ、水の魔弾を魔術師に撃つ。

しかし魔術師はそれを避け、今度は火の鳥を作り出し、飛ばしてくる。

追尾の術式が組み込まれていそうだから……。

私は光魔法で盾を作り、攻撃を防いだ。

「どうした、ナニモしてこないのか？　ただのマジュツシにカマッテるほど、こちらはヒマではない」

言ってくれる……じゃあ見せてあげるよ。

空へ飛び上がり、右手を魔術師へと向ける。

「だったら、これは対処できますか!?　【バレットオープン】！」

私は特殊と空間を除く、各属性の球を五発ずつ作り出した。

「【魔弾の雨《バレットレイン》】！」

合計四十五発の魔弾が、ランダムに降り注ぐ。

並大抵の魔術師には防げないだろう。そう思って土煙が晴れるのを待っていたんだけど……地面には大量の穴が開いているものの、肝心《かんじん》の魔術師は無傷だ。

「なるほど。ワカった。キサマをトウにふさわしいマジュツシとミトメよう」

魔術師はそう言うと、レオンさんとリーデルさんを閉じ込めていた光魔法を解いた。

それを見て私も地面に降りると、魔術師は指をパチンと鳴らす。

するとボコボコになった地面は、綺麗に元通りになった。

「では、アンナイしよう」

そう言われて、私たち三人は魔術師のあとをついていく。

「サキ、大丈夫かい？」

「はい。大丈夫です」

歩きながらレオンさんが心配してくれたけど、本当に問題ない。

相手が本気ではないって、わかっていたし。

「サキが戦うところを初めて見たけど、すごいね。僕やパスカルよりも強いんじゃないかな」

「勇者様にそう言われると、なんだか恐れ多いです」

そんな会話をしながら、塔の中に入る。

まず、内壁は扉になっている場所を除いて書棚になっており、大量の本で埋められている。

これ、全部魔術書なんだろうなぁ。

そして、壁に沿うようにして、螺旋状《らせんじょう》の階段がある。

「このヘヤにハイリ、しばらくマテ」

階段を少し上った先にある扉の前で魔術師はそう言い、再び外へと戻っていった。

扉の中は、薄暗く、すごく広い部屋だった。

そして壁には、塔の外壁に走っていたのと同じ、緑色の光の線が。

「かなり広いけど……空間が拡張されているのかな？」

「不思議な気配を感じるよ」

レオンさんとリーデルさんはそう呟きつつ、キョロキョロとあたりを見回している。

そんな中、私は壁に走る光を観察していた。

どうやら、魔力が宿っているみたい？

「うーん、意味までは把握できない……」

対象の状態を把握できるスキル【解析《かいせき》の心得《こころえ》】も使ってみたけど……わからない。

でも、少なくとも一つ言えるのは――

「魔石工学を用いた、魔法陣の一部だね」

「その通りです」

私たちが入ってきたところとは反対の扉から、大きな帽子と黒色のローブを着た人が入ってきた。

「光の線は、塔を建てた賢者様が刻んだものと言われています。まぁ、私たち魔術書塔の魔術師にもその意味はわかりませんが」

ローブの魔術師はそう言うと、頭を下げる。

「はじめまして。私は魔術書塔を管理するミーティアの一族、ヘルンと言います」

「ミーティア……？　あ、じゃあ君は――」

「い、犬が喋ってる！」

驚きのあまり声を上げたヘルンさん。それからもしばらくまじまじとリーデルさんを見ていたけど、ハッとしたように咳払いしてから、口を開く。

「ひとまずその犬は置いておくとして……お二人のお名前をお聞きしても？」

「はい。私はサキ」

「僕はレオンと言います」

リーデルさんは何か言いたげだけど、空気を読んで黙っている。

「サキさんに、レオンさん……覚えました。さて、塔の試練を突破し私たち魔術書塔の審査を受けたいということでしたよね。この空間はありとあらゆる攻撃、爆撃、衝撃を吸収します。ここで魔法を見せてください」

それはすごいけど、なんだかとても物騒だ……。

「今、『なんだか物騒だ』とか思いました？」

「えっ!?　読まれてる!?」

「ふふ……さすがに私には【超高《ちょうこう》度《ど》読心術《どくしんじゅつ》】は使えません。ただ、あなたのような大人しそうな人が審査に来た時にはこう言うようにしているってだけで。では、審査を希望する魔法の名前を教えてください」

「はい。魔法の名前は、空中浮遊です」

本当は自在に飛び回る魔法【飛翔《ひしょう》】の方でも良かったんだけど、ネルが『何かの手違いで情報が外部に漏れて、敵が利用してきたらどうするおつもりですか』って言うからやめといた。

「空中浮遊の魔法ですか……」

驚かれると思っていたが、ヘルンさんは予想に反して眉をひそめている。

「どうかしたんですか？」

レオンさんが不思議そうに聞くと、ヘルンさんは苦笑いを浮かべる。

「いえ、今まで報奨《ほうしょう》を求めて魔術難問――特に空中浮遊に挑戦される方が、何人もいらっしゃいました。ただ、その実風魔法で飛び跳ねるだけって感じだったので……」

「あー……なるほど」

たぶん、グリモアールとしてはそういうのを見せてほしいんじゃないもんね。

空中浮遊の定義は、『安定して一時間以上空中に留まり続けること』だったはずだし。

「しかし、それは一旦置いておきます。サキさん、あなたの魔法を見せてください」

「はい」

あまり期待していないって感じだよね？　でもそういう反応をされると、驚かせたくなっちゃう。

「魔法を唱える時には説明してから、発動してください」

ヘルンさんの言葉に、私は頷く。

「この魔法では、二種類の魔力を使います。一つは土魔法、もう一つは風魔法です」

「二種類……まさか付与魔法が使えるのですか⁉」

元ある魔法にさらに魔法を重ねがけする付与魔法は、結構難度が高いから、使うと驚かれる。

でも、そんな反応はもう慣れっこだ。

「はい。まず、土魔法により地面が体を引き寄せようとする力から、自らを切り離します。そして、風魔法を使い、浮かび上がる体をコントロールするんです。二重付与《ダブルエンチャント》・空中浮遊」

私の体はふわりと浮かび上がる。

「浮かび上がった状態から、前後上下左右、好きな方向に進むことができます」

「今までその状態を、どの程度保っていられましたか？」

「しっかりと測ったことはありません。ただ、三十分以上飛んでいたことはあります。今ここで一時間くらい発動させ続けろと言われても、やれるはずです！」

「……わかりました。もう結構ですよ」

私は魔法を解いて、床に下りる。

ヘルンさんは、拍手しながら言う。

「消費魔力量とあなたの魔力を測らせていただきましたが、一時間以上発動できるというのは嘘ではないようですね。おめでとうございます。魔術書塔の魔術師として魔法・空中浮遊とあなたの名を魔術書に刻むことを認めます」

さすが魔術書塔の魔術師。そんなこともわかるんだ。

ヘルンさんが指を鳴らすと、どこからか本と羽ペンが飛んできた。

「今の魔法の情報が、この本に刻まれています。表紙に、あなたの名を書き記してください」

ヘルンさんに言われた通りに名前を書くと、本はまたどこかへと飛んでいった。

「さて、報奨についてはまた後日、他の魔術師たちと協議させていただきますので、追って通達いたします。どちらにお届けすればよろしいでしょうか？」

「王都のアルベルト家へお願いします」

「はい、かしこまりました」

手続きが終わるのを見計らって、レオンさんとリーデルさんが声をかけてくる。

「やったね、サキ」

「おめでとう。サキ」

「はい！　ありがとうございます、レオンさん、リーデルさん」

「リーデル……？」

私の言葉を聞いて、ヘルンさんが考え込む。そして――

「もしかして……あ、あの！」

ヘルンさんが慌てた様子でリーデルさんを見る。

「すみません、少しお時間をいただけないでしょうか。ついてきてください」

ヘルンさんにそう言われて、部屋の奥の扉を抜ける。

その先にも、長い階段があった。

階段を上ると、仰々《ぎょうぎょう》しいデザインの扉の前にたどり着く。

「こちらは私のご先祖様……パスカル様が、我々ミーティアの一族に託《たく》した部屋になります。『リーデルが来たら、この部屋に通しなさい』と私のお祖母様や、お母様からずっと言い聞かせられてきました。ありえないことだと思っていましたが、その犬はリーデル様の魔力を宿しているのですよね？　二つの魔力が混ざり合っていますし、普通の人間では有り得ないほど、魔力が洗練されていますから」

ヘルンさんの言葉に、リーデルさんは感心したように答える。

「……さすが、パスカルの子孫なだけあるね。その通りだ。犬の中身は僕、リーデルの思念魔力だ。ここにいるサキによって、この犬の中に入れてもらったんだよ」

「やはり……ずっと、お待ちしておりました。それでは早速、中にお入りください」

部屋の中は、真っ白だった。

そして、床一面に緻密《ちみつ》な魔法陣が描かれている。

「すごく綺麗な魔法陣だね。それに、なんだか懐かしさを感じるよ」

そう言いながらリーデルさんが前脚で魔法陣にちょんと触れると——それは、急に光り出した。

光はどんどん強くなり、部屋一面を包み込む。

思わず目を閉じる。

段々と光が収まっていくのを感じて、目をゆっくりと開けた。

すると、魔法陣の中心に大きな帽子と黒いローブを纏った女の子が立っていた。

「女の子……？」

そう口にした私に対して、女の子は片頬だけ上げつつ言う。

「あなたが思っているよりも、私はずっと大人よ」

声も高くて可愛らしいから、大人……？　と頭の上にハテナが浮かんでしまう。

ふとリーデルさんを見ると、声を出してはいないけど、かなり驚いているように見える。

そしてそんなリーデルさんと、女の子の目が合う。

女の子は柔らかい笑みを浮かべた。

「ずいぶんと可愛らしい姿になったじゃない、リーデル」

「パスカル……なんで、どうして君が⁉」
パ、パスカル⁉　じゃあこの人が賢者様⁉　でも、賢者様が生きていたのはずっと昔のはず。思念魔力だってことも考えられる……けど、実体があるから違うか。
「あなたのことを一人にできなかったのよ」

パスカルさんはそう言うと、リーデルさんの元まで歩いていく。

そしてリーデルさんを抱き上げ、頬にキスをした。

「あなたに、ずっと言いたかったことがあるの。私もずっとあなたを愛していたわ。ずっと、ずっと言いたかった……やっと、言えた」

パスカルさんは微笑んでいるけど、目にはうっすらと涙が浮かんでいる。

それから彼女はリーデルさんを一度下ろし、私たちを見回した。

今度は、ヘルンさんの元へ。

「あなたがミーティアの末裔《まつえい》ね」

「は、はい！　ヘルンと言います！」

ヘルンさんが緊張したようにそう返すと、パスカルさんは小さく笑った。

「ふふっ、そんなに固くならなくていいわ。あなたは私の家族のようなものなのだし。ところで、少し落ち着いて話がしたいの。座れる部屋はあるかしら？　できればお茶なんかも用意してくれると嬉しいわね」

「今すぐに！」


それから私たちは、研究室のようなところに案内された。

机の上には、紅茶と簡単なお茶菓子が置いてある。

「す、すみません……この塔内にはお客様を迎える部屋がなく……私の研究室に通させていただきました。どうぞ、こんなところでよろしければ、お寛《くつろ》ぎください」

ヘルンさんの言葉に、パスカルさんは頷く。

「構わないわよ。そもそもそう作ったのは、私だし」

それからパスカルさんは紅茶を飲む。

そして、カップをテーブルに置いてから、研究室を見回した。

「ふーん……風魔法における切断の威力差についての研究ね」

「え……あ、はい！」

そんな風に硬い返事を寄越《よこ》したヘルンさんに、パスカルさんは言う。

「発動時に必要な魔力についてはしっかり調べているようだけれど、魔法使用者のナンバーズの熟練度や魔法属性についても調べてみるといいかもしれないわね」

「……なるほど。えっと、それじゃあ……」

ヘルンさんは、ぶつぶつと呟きつつメモをとり始めた。

それを横目に、パスカルさんは微笑む。

「さすが、あの子の子孫ね」

あの子？　誰のこと？

不思議に思っていると、パスカルさんが説明してくれる。

「あの子の先祖、ルベリーって言うんだけどね、私の養子なの。魔術書塔を作ったはいいものの、そのままにしておくのも良くないじゃない？　で、いい人も子供もいなかったから、魔法の才がある孤児を引き取ったの」

パスカルさんはちらっとリーデルさんを見るが、彼はヘルンさんが持ってきたお菓子を無心に頬張っている。

パスカルさんがため息を吐く。

すると、辛《かろ》うじてそれには気付いたようで、リーデルさんが聞く。

「そうだ！　どうしてパスカルが元の姿で現れてるのさ」

「それを話す前に、あなたが死んでしまったあとの話をする必要があるわね」

「僕が死んでしまったあと？　まさかシヴェルデが生きていたとか⁉」

パスカルさんは「まぁ、一旦落ち着きなさい」とリーデルさんをなだめてから、語り出す。

「……あなたが倒れたあと、シヴェルデに襲われた街の人や、旅の道中で立ち寄った街では、あなたを勇者として称《たた》えるようになったわ。あなたが死んでしまったことを悲しみ、何人もの詩人や作家が私たちのパーティについて後世に伝えようと作品を作っていたしね。マリーだけは『誇れるようなことをしていないから、名前を出すな』って言っていたから、どの物語にも描かれなかったけど。で、ヴィグとアルクは王都で人々を導き、やがて王とその妃《きさき》になったの」

ロンズデールがなぜ勇者伝説に登場しなかったのか、謎が解けたけど……それよりも衝撃的な事実を知ってしまった。

えぇ⁉　王様って勇者様一行の子孫なの⁉

「私は……まぁしばらくはフラフラして、そのあとある魔法を研究するために、腰を据えることにした。その研究の最中に作ったのがここ、魔術書塔よ。報奨を与えれば、いろんな魔法を集められて、研究が捗《はかど》るかと思ってね」

「賢者様は――」

私の言葉を遮《さえぎ》って、パスカルさんは言う。

「パスカルでいいわよ。そして、あなたの名前は？」

「すみません！　サキっていいます。それで……パスカルさんはなんの魔法を研究してたんですか？」

「死者蘇生魔法よ」

さすが賢者様！　あからさまにすごそうな魔法を研究している！

そんな風に感激する私を横目に、パスカルさんは話を続ける。

「で、研究を始めて数年後。私の元にマリーが会いに来た」

「マリーが？」

リーデルさんの言葉に、パスカルさんは頷く。

「えぇ、かなりやつれていて、元の姿からはかけ離れていたわ。そんなマリーは言ったわ。『死者蘇生は実現可能なのだろうか？』って」

「マリーも死者蘇生魔法を？　いったい誰を蘇生させようと――」

リーデルさんの言葉に被せるように、パスカルさんは大きなため息を吐く。

「はぁ……あなたの鈍感《どんかん》なところは、死んでも変わんないのね」

「へ……？」

パスカルさんは説明するのもうんざりといった様子で、そっぽを向いてしまった。

それに代わって、レオンさんが口を開く。

「あまり詳しい事情を知らないけれど、もしかしてロンズデール……マリーさんは、リーデルさんを蘇生させようとしたんじゃないかな？」

「え？　僕？」

きょとんとするリーデルさんに何度目とも知れないため息を吐いてから、パスカルさんは頷いた。

「そういうことよ。ところであなた、もしかして……クロードの子孫かしら」

「え？　はい、レオンといいます。先代をご存じで？」

「初代クロードの倅《せがれ》とは、時折議論を交わしたものよ。そいつとあなたがあまりにそっくりだから、ビックリしちゃって。それに、淀《よど》みのない魔力の流れ……結構な実力者でしょ？　それじゃあリーデル、そこのサキちゃんは事情を知ってるみたいだし、レオンくんにも魔王との戦いについて、話してあげたら？」

「わかった」

それからリーデルさんによって、レオンさんにも昨日の話が共有された。

勇者伝説に私よりも馴染みがある分、動揺は大きそうだ。

「確かに僕も気にしたことなかったな……魔王との戦いよりもあとの話が、なぜ存在しなかったのかなんて。そこから、さっきのパスカルさんの話に繋がるわけだね。それじゃあマリーさんの目的はその段階ではリーデルさんの蘇生だったと」

「えぇ。理解が早くて助かるわ。で、『研究の成果を見せてほしい』って頼まれたの」

「見せたんですか？」

そう私が聞くと、パスカルさんは首を横に振る。

「まさか。魔術師の私たちにとって研究成果は命と同じくらい大切なものだからね。昔の仲間とはいえ、そんな簡単にひょいひょいと見せるものではないの。まぁ、それはマリーもわかってたみたいだから、しつこく追及してはこなかったけどね」

今度は、リーデルさんが聞く。

「それからマリーはどうなったんだい？」

「さぁ？　私はそれからも魔術師塔に籠っていたし、知らないわ。それ以来マリーは現れなかったし」

「そうか……でも、サキたちは聞いたんだよね？　マリーの目的は、魔王の復活だって」

「魔王の復活ですって⁉　シヴェルデを復活させようっていうの……何を考えてるのよ、あのバカは」

リーデルさんや、パスカルさんすらロンズデールの意図がわからない……か。

黙ってしまう私たちを見て、リーデルさんがぽむっと前脚をテーブルに乗せた。

「ま、今考えてもわからないことは、悩んだってしょうがない。それよりも、パスカルはどうして今存在できているのさ」

そうだ。ロンズデールの話で忘れていたけど、パスカルさんとこうやって話せているのも十分おかしい。

パスカルさんはカップの縁《ふち》を指で撫でてから、言う。

「私の研究――死者蘇生魔法にまつわる実験の成果といったところかしら」

「え？　それじゃあパスカルさんは、死者蘇生の魔法で生き返ったってことですか⁉」

私はそう尋《たず》ねたけど、パスカルさんが口にしたのは玉虫色《たまむしいろ》の返事だった。

「……そうとも言えるし、そうでないとも言えるわね」

「えーっと……どういうこと？」

リーデルさんも理解できないようで、首を傾げている。

「そもそも人間は器である肉体と、その中身たる魂によって成り立っていると、私は考えた。そして、肉体は老いや傷病《しょうびょう》により朽《く》ちるため、永遠たり得ない。そして、私は死を、二段階のプロセスによって成る現象だと捉えているわ。肉体が朽ちるという第一段階のあとに、魂が消える、というね。それを魔法で覆《くつがえ》すとなると、魂をどう定義するかが肝要《かんよう》になってくる」

「魂の定義……」

私の呟きに、パスカルさんが頷く。

「そう。サキちゃんは賢いからわかるでしょう？」

「はい」

魂を定義するのは難しい。目に見えないから。でもそれを正しく把握できたとしたら、それを別の器に移し替えることで永遠の命を得られるわけで……。

私がそんな風に考え込んでいると、パスカルさんは人差し指を立てる。

「私は『魂』の定義を『記憶』としたわ。私は記憶という情報を魔力によって抽出し、魔石に刻む方法を編み出したの。そして用意した肉体にその魔石をぶち込むと……こうなるわけ」

パスカルさんは自分を指差す。そして、続けて言う。

「用意の仕方は……まぁ秘密ってことで。そして、この塔に私は二つの魔法を仕込んだ。一つはこの体が老いないようにする術式、もう一つは条件を満たした時、記憶を刻んだ魔石を保存していた肉体に入れ、私を起こす術式よ」

魂――すなわち記憶を別の媒体に保存しておいて、それをまた別の体に移し替える。

パソコンなんかを買い替える際に、データを外付け媒体に移しておいて、次の機種にインストールし直すみたいなものか。

でも、さっき別の肉体を調達したと言っていたよね？　つまりパスカルさんのオリジナルの肉体はすでに死んでいるから――

「気付いた？　私を複製するようなものなのよ。だから、肉体が生き返っているわけではない。だから死者蘇生を行って私が生き返ったのかという問いに対しての答えはそうでもあるし、そうでもない、なのよ。もっとも同じ人間だからか、魂の形に合わせて肉体も元の私に近い形になってくれたっていうのは嬉しい誤算だったけど」

「そうじゃないと、そこの鈍感バカは気付いてくれなかったろうし」なんて呟くパスカルさん。

ヘルンさんが感激したように言う。

「私にとっても、とても参考になる話でした。死という現象を部分ごとに切り取り、それぞれを魔法で再現する……常人ではたどり着けないような発想に、感動しました！」

次いで「ふむふむ、なるほどね」なんて相槌を打つリーデルさん。

そんな二人を見て、パスカルさんは言う。

「そう言ってくれると嬉しいわね。それにしても、そこの勇者様も理解してくれるなんて、私は嬉しいわ」

「も、もちろんだとも」

「それじゃあリーデル。私の想定している死は何か、言ってみなさい」

「へ⁉」

質問されると思っていなかったのか、リーデルさんは慌て出す。

「どうしたのぉ〜？　さっきまでの話を聞いていたらぁ、理解できてるわよねぇ？」

「……死ぬのってとっても怖いよね」

リーデルさんが急に真面目な雰囲気で語り始めた。

「僕もとても怖かった。でもね、仲間のため、守りたい大切な誰かのためにって思うと、そんな恐怖さえも乗り越えられるような気がしてくるんだ」

それは……確かに！

「はい！　とてもわかる気がします！　私も……家族や友達、大切な何かを守る時に力や勇気が湧いてくるのを感じたことがあります」

私の言葉を受けて、リーデルさんはニヤッと笑う。

「そうだろう？　死を恐れることはとても大事なことだ。でも、その恐怖に支配されちゃいけない。無謀と勇気の境界を見定め、突き進む。これこそが大切なことだと思うんだ！」

演説を終えたリーデルさんに、パスカルさんは冷ややかな目を向ける。

え、なんで？　素敵なお話だったのに……。

「それで、結局私の質問に答えられるわけ？」

パスカルさんに追い打ちをかけられて、ついにリーデルさんは叫ぶ。

「う……」

「すみません！　聞いてませんでした！」

「よろしい。生きていた頃よりかは、幾分かは素直になったかしら？」

「サキも、ああいう誤魔化しに騙《だま》されちゃダメだよ」

「え!?　誤魔化しだったんですか!?」

「レオンくん、あなたも苦労するわね」

「まぁ、そういうところも僕は楽しんでますよ。パスカルさんも、そういうタイプでしょう？」

「……まぁね」

レオンさんとパスカルさんが小声で何か話していたけど、あんまりちゃんと聞こえなかった。

なんだか話を終えた二人に、温かい目で見られている気がするんだけど……。

「さてと、雑談はこのくらいにしましょう。あなたたち、リーデルを連れてどこに向かっていたのかしら」

「あ、それはですね……」

私がこの旅の目的を話すと、パスカルさんは感心したように言う。

「なるほどね。私たちの足跡《そくせき》を追う旅……か。面白そうね。私も同行していいかしら？」

「パスカルさんもですか!?」

「あら、迷惑かしら？」

「い、いえ！　一緒に来ていただけるなんてとても光栄です！　ただ、勇者様と賢者様と一緒に旅ができるなんて思わなくって」

「そんなにかしこまらなくてもいいわよ。そうね、犬を連れてる女の子を同行させてる程度に考えてくれればいいから」

世界的有名人を、そんな近所の子供みたいに……。

「ま、いいじゃないか。勇者様や賢者様本人と話ができる機会なんて普通はありえないんだから。みんなもきっと喜ぶよ」

レオンさんもそう言ってるし、大丈夫か！

「そうですね」

「ふふ、それじゃあこのわんちゃん共々、よろしくね」

こうして私たちの旅の仲間に勇者様に続き、賢者様が加わったのだった。


「ということで、賢者様――パスカルさんだよ。パスカルさんも一緒に旅することになったんだぁ」

「パスカル・ミーティアよ。普通に接してちょうだい。よろしくね」

ヘルンさんに別れを告げて、パスカルさんを連れてみんなと合流した私たち。

パスカルさんを紹介すると、みんなは驚きのあまり固まってしまった。

「けん……パスカル様、私はアニエスと言います。伝説の賢者様に会えて、とても感激です」

賢者様に憧れていると以前話していたアニエちゃんが最初に自己紹介をして、それに続いて他のみんなも自己紹介を済ませた。

普段からとんでもない目に遭っているからか、みんなの適応力が上がっている気がするよ。

クレールさんとクリフさんは絶句って感じだけど。

「そういえばみんな、その格好はどうしたの？」

そう、みんなミュラの人たちのように黒いローブと大きな帽子を身に着けているのだ。

「ミュラのお店で買ったんです。サキちゃんとレオン先輩の分もありますよ」

そう言ってミシャちゃんは鞄から、私とレオンさんの分のローブと帽子を取り出して手渡してくれた。

みんなでお揃いの服を着る……遊園地で、キラキラした子たちはそういうことをするんだよね⁉

やってみたかったんだぁ！

私はウキウキしながらローブを着た。

「ミシャちゃん、写真！　写真撮ろ！」

「いいですね！　ウキウキなサキちゃんも可愛いですよ」

ミシャちゃんは鞄からカメラを取り出して、自撮りするように構える。

「ほら！　みんなも寄って！」

私を中心にギュッと寄ってもらって、ミシャちゃんはパシャッとカメラのシャッターを切った。

「ミシャちゃん、見せて！」

「も～慌てなくても大丈夫ですよぉ」

ミシャちゃんに撮った写真を見せてもらうと、とても素敵に撮れていた。

修学旅行でよくあるらしい、みんなで自撮りするみたいなノリに憧れていた私は、とても嬉しくなってしまう。

「あとでみんなにコピーして配るね！」

「な、何かよくわかんなかったけど、サキが嬉しそうならそれでいいわ」

「そうだね」

写真を見て喜ぶ私を、アニエちゃんとフランが微笑ましそうに見ている。

なんだか急に恥ずかしくなってしまい、私は話題を変えることにした。

「そ、そういえばお腹空いたね。お昼ご飯食べて、少し街を見てからまた出発するよぉ～」

お店があった方を指差して歩き出すと、その後ろを「はいはい」なんて言いながらレオンさんがついてくる。みんなもそれに続いた。

「ミュラは何が美味しいのかな」

私がそう言いながら首を傾げると、アニエちゃんが口を開く。

「ミュラは昔は野菜が美味しいと思っていたけど、今もそうなのかしら」

「確かに、ミュラ産の野菜は今でも王都で人気商品だよ」

レオンさんに続いて、アネットも楽しそうに言う。

「ミュラでとれたお野菜はメイリーさまのところでいただくお野菜と同じくらい美味しかったのを

覚えていますの」

「さすが商業区のアルベルト家っすね。詳しいっす！」

オージェは感心したようにそう言ったあと、『サキは違うっすね』とでも言いたげに私の方を見た。

「……何か言いたそうだね」

「え？　いや、なんもないっすよ？」

「オージェは帰ってから百本組み手」

「理不尽っす⁉」

私とオージェのやり取りを楽しそうに眺めてから周囲を見回し、ミシャちゃんはある店を指差す。

「あそこのお店なんてどうですか？　菜食館ですって」

こうして菜食館なるお店に向かおうとしたんだけど、パスカルさんがミシャちゃんに声をかける。

「ねぇ、あなた」

「はい？」

パスカルさんは首を傾げるミシャちゃんの胸に手を当て、目を閉じた。

急にパスカルさんがそんなことをするものだから、ミシャちゃんはちょっと驚いているようだ。

「あ、あの……」

「魔法を使う時に違和感はないかしら？」

「と、特にありませんが……」

「……そう、私の勘違いだったみたい。ごめんなさい。さ、私たちも行きましょうか」

そんな不思議な一幕はあったものの、私たちはお店の中へ。お店の中は観葉植物が置かれているなど、自然豊かでオシャレな内装だったんだけど、全員が座れる席はないみたい。

「三組に分かれて座ろうか」

レオンさんに言われて、私たちは適当に席に着く。

私はアネットとレオンさん、パスカルさんにリーデルさんと一緒に座ることになった。

斜め前に座るアネットは注文を終えると、例の如くリーデルさんを膝に乗せ、嬉しそうな顔で頭を撫でている。

私はそれを微笑ましく眺めていたんだけど、向かいに座るパスカルさんはひりつくような魔力を放出していた。

「ア、アネットちゃん。そのままじゃお料理が来たら食べにくいだろうし、リーデルはここに座らせた方がいいんじゃないかしら……？」

パスカルさんはそう言うと、アネットと自分の間のスペースを手でポンポンと叩く。

しかし、アネットは満面の笑みで答える。

「大丈夫ですの！　もし食事しにくいようでしたら、私が勇者さまに食べさせてあげますし！」

「パスカル、僕としても問題はないから、別にこのままでも……ヒッ」

リーデルさんもさすがにパスカルさんの尋常じゃない様子を感じ取ったらしく、小さく悲鳴を上げ、パスカルさんとアネットの間に大人しく座った。

「あ……遠慮なさらなくてもよろしいのに」

眉を寄せて悲しそうにするアネットに、パスカルさんは少し気まずげに目を逸らしつつ言う。

「あ、あはは……。あ、お料理が来たみたいよ」

いいタイミングで料理が運ばれてきて、良かった。

お料理は野菜を活かしたものがメインで、フランとアネットの言う通り、とても新鮮で美味しい。

夢中で食べ進めていると、あっという間に食べ終わってしまった。

口をナプキンで拭《ぬぐ》いながら、私は言う。

「ふぅ、本当にミュラのお野菜は美味しいんですね」

「ええ、でも料理人の腕が上がっているのか、技術が進歩しているのかはわからないけれど、昔よりも遥《はる》かに美味しく感じたわ」

パスカルさんも満足してくれたみたいでよかった。

私は、パスカルさんに聞いてみる。

「そうなんですか。ところでここの野菜が美味しいのには、何か理由があるんですか？」

「草魔法が得意な魔法使いがいたのよ」

え？　草魔法？

「昔、ベイジ・ターボルっていう魔法使いがミュラにいたの。彼は一生を捧げるくらい草魔法が好きでね。それに賛同した魔法使いと協力して、ミュラの周辺を全部畑にしてしまったのよ」

「規模がすごいですね……」

「でも、街の周囲が全部畑になっちゃうと、街に出入りしにくくなっちゃうでしょう？　それで住民やら他の魔法使いやらとバチバチ。仕方なく私が間に入って、草魔法研究で得た野菜を使って街に貢献をする確約をさせた上で、畑も四分の一に縮小してもらったわ。まぁベイジも街を囲む形で畑を作るのはやり過ぎだったと反省していたようだし、妥当な落としどころね。当時から彼の作る魔法野菜はとても美味しかったけど、変な形や色をしたものが多かった。でもここのお料理を見る限り、それも改善されたようね」

……うん、なんか魔力で改造された野菜ってちょっぴり怖い。

私は無農薬野菜ならぬ、無魔力野菜のカルバート農園の野菜を食べよう。

食後は、ミュラを散策することに。

ネルが言うには、ミュラは最近、観光に力を入れ始めているらしい。

実際、様々なお店があって面白かった。その中でも特に、学園にある遊技場のようなゲームを楽しめるお店が立ち並ぶ、体験型遊園地のような区画は目を引く。

「これは何かしら？」

パスカルさんが興味深げにした質問に、ミシャちゃんが答える。

「魔法を使いながら障害物を越えて、コースを走破するスピードを競うゲームみたいですね」

「へぇ……。サキちゃん、私とどっちが速いか競走しない？」

「え⁉」

急に話を振られてびっくりしたけど、賢者であるパスカルさんと魔法障害物競走……面白そう！

「やります！」

「面白そうだね！　僕もいいかな？」

「リーデルさんもですか？」

構わないけど、犬の姿でも大丈夫なのかな？

「あら、あなたもやるのね。でもさすがに犬の姿だと不公平だし……私が魔力を足してあげるわ」

パスカルさんはそう言うと、リーデルさんの頭に触れて魔力を流す。

「ありがとう、パスカル」

「私の魔力をあげたんだから、調子が悪かったなんて言い訳はなしよ」

「もちろんさ」

昔からの仲間同士の信頼関係、いいな。しかも二人は両想いみたいだし。

いつか私もレオンさんと、あんな風に……。

「サキちゃん、どうかした？」

パスカルさんが顔を覗き込んでいたのに気付き、私は慌てて言う。

「え？　な、なんでもないです」

「そう？　それじゃあいきましょう」

パスカルさんとリーデルさんの後ろをついて、お店の中に入る。

観覧スペースが併設されていて、そこから中が見えるようになっているんだね。

こちらから、私たちを応援しようと息巻くみんなの姿が見える。

受付で料金を支払うと、店員さんが説明してくれる。

「まず、ルールのご説明をさせていただきます。こちらの白線がスタート位置になっております。ここから向こうに見えますゴールまで、どれだけの時間でたどり着けるかを競っていただくゲームです。一緒にスタートされますか？」

私とパスカルさんが頷くのを見て、店員さんは説明を続ける。

「それでは諸注意をお伝えします。まず、他人への直接的な妨害魔法は禁止とさせていただきます。他の競技者に対し炎を放つ、進行方向の地面に穴を開けるなどですね。あくまでも速度を競う競技であることを念頭に置いてください。ただ、障害物を壊したり避けたりするために魔法を使うのは構いません。ただ、安全性を考慮し、第四級までに制限させていただいております。これで説明は以上です。何かご質問はありますか？」

「いいえ、大丈夫よ」

パスカルさんに続いて、私とリーデルさんも頷く。

それを見て、店員さんは手でスタート位置の方を示す。

「三分以内にゴールとなりますと豪華な景品がありますので頑張ってくださいね！　それでは準備ができましたら、スタート位置までどうぞ」

私たちは早速スタート位置に並び、構える。

足に魔力を集中して……【飛脚《ひきゃく》】を発動。さらにスタートと同時に、風魔法で加速するんだ。

「それでは位置につきまして、よーい、ドン！」

店員さんの合図とともに、私は駆け出した。

すごい！　今までで一番速く動けているかも！

そんな風に心の中で喜んでいたんだけど……ふと隣を見ると、涼《すず》しい顔のパスカルさんとリーデルさんがいる。

「あら、サキちゃん、やるじゃない。置いていくつもりだったのに」

「本当に！　すごいね、サキ！」

なんだかすごく上からな言い方……舐《な》めないでよ！

「飛翔！」

これは使わないつもりだったけど、負けたくない！

「それが登録してくれた空中浮遊……いや、その改良版かしら。生で見られてよかった」

「えっ⁉」

ここは空中――私のテリトリーのはずなのに、パスカルさんは、なんで隣に並んでいるの⁉

飛翔とは違って、高く跳んでから滑空《かっくう》するような感じみたいだけど、それでも速い。

「自在に空を飛ぶなんて、やるわね！」

若干だけど……私の方が遅い……。

さすが賢者様……でも負けたくないの！

私は翼にさらに魔力を注ぎ、大きく羽ばたく。

「私も負けないわ！」

パスカルさんも加速してくる。

私たちはお互いに譲らず、ゴールへ向かう。

その最中、障害物の岩が飛んできた。

「「邪魔っ！」」

私とパスカルさんはそれぞれ魔法を放ち、岩を粉々《こなごな》にしつつ進む。

それ以外にもトラップはあったみたいだけど、地面を進んでいる人用みたいで、私たちには意味がない。

そして、ようやくゴール――かと思いきや、前から強風が吹く。

私とパスカルさんの帽子が空を舞い、私たちは思わず減速してそちらに手を伸ばしてしまう。

しかし、帽子は一瞬にして消える。

ゴールの方を見ると、私とパスカルさんの帽子を咥《くわ》えたリーデルさんがこっちを向いていた。

「ふっふっふ……僕の勝ちー！」

ものすごくいい笑みを浮かべつつ、飛び跳ねるリーデルさん。

私とパスカルさんは顔を見合わせる。

まさかの結末に、私たちは笑みを零す他なかった。

受付に戻ると、店員さんが笑顔で迎えてくれる。

「それでは、こちらが景品です！」

トップこそリーデルさんだったけど、私たちは全員三分を切ることができた。

そのため、豪華景品を受け取れたのだが……。

景品は、前の世界で流行っていた某赤い帽子の配管工ゲームに登場する、口をぱくぱくさせている花……にそっくりな花。なんだか不気味な笑みを浮かべている。

「こちらの花は塗《ぬ》ってよし、飲んでよし。軟膏《なんこう》にも回復薬にもなるとても貴重な花ですので、ぜひお使いください！」

なんだか景品のチョイスが魔法使いって感じ……。

それにしても私たちの魔法や犬の姿のリーデルさんが一番だったことにも驚かないあたり、魔法に関して本当に懐の深い街だよね。

私たちはみんなのもとに戻り、観光を再開する。

パスカルさんは街並みを見つつ、遠い目をする。

「それにしても、ミュラもこんなに賑やかになったのね。なんだか感慨深いわ」

「昔だって賑やかだったじゃないか」

「爆発やら洪水《こうずい》やらが起きるのは、賑やかとは言わないの」

いや、ほんとに昔のミュラはどんなだったの？

ちょっぴり戦慄《せんりつ》していると、フランとアニエちゃんが話しかけてくる。

「サキ、そろそろいい時間じゃないかい？」

「次はアチューリに行くのよね？　今から向かわないと、時間的に厳しいんじゃないかしら」

「あ、そうだね。ちょっと名残惜《なごり》しいけど……」

面白い街だったし……もう少し楽しみたかったな……。

しゅんとしていると、アネットが私に鞄を開いて、見せてくる。

「だ、大丈夫ですのお姉さま！　アネットはもしかしたら魔術書塔での手続きでお時間がかかるのではと思い、お土産《みやげ》をたくさん買いましたの！　ですから！　あとでお土産を一緒に見てくださいませんか？」

心遣いがとても嬉しくて、私はアネットをぎゅっと抱きしめ、頭を撫でる。

「ありがとうアネット……さすが私の妹」

「は、はい！　はいですわ！」

アネットは感激したような声でそう言った。

レオンさんは、そんな私たちのやりとりを微笑まし気に見てから口を開く。

「それじゃあ次の街に進もうか」

ミュラにはまだまだ楽しそうなところがいっぱいありそうだけど、それはまた今度にとっておこう。

私たちはクリフさんの案内で、車を取りに向かった。

8　異変と決意

車に乗って移動を再開すると、パスカルさんは目を輝かせて言う。

「これは……すごいわ。空間魔法で空間拡張術式を施しているのね。しかも、通常の馬車よりも快適に過ごせるように様々な工夫がされている。ねぇサキちゃん、この空間に施した魔法陣を見せてもらうことは、できないかしら⁉」

魔法に関係することはなんでも気になるタイプなんだね、パスカルさん。

「そ、それはもちろん。でも、魔法陣があるのは外なので次に停まった時でもいいですか？」

「あら、そうなのね。それじゃあそれまで大人しく、休憩《きゅうけい》させてもらうわ」

そう言って、パスカルさんはふぅっと息を吐いて近くの椅子に座る。

そんなパスカルさんを心配するように、リーデルさんが声をかける。

「疲れてるみたいだね」

パスカルさんは眉をひそめながらも、笑みを作った。

「どうもこの体、元の体よりも疲れやすいみたい。それに魔力の回復量も、操れる量も前の体と比べ物にならないくらい少ないし。さっきの競走で把握した限り、出力は生きていた頃の半分程度になっているようね」

は、半分⁉　それじゃあもし生きている時の元の体と競走をしていたら、私……。

驚愕する私をよそに、リーデルさんも頷く。

「あぁ、それはなんとなくわかるよ。僕もさっきちょっとだけ魔力解放やらこの子の雷魔力やらを使ってみたけど、想像より動けなかったし」

勇者や賢者と呼ばれた二人を、どうやら舐めていたみたいだ。

経験と、研鑽に裏打ちされた圧倒的な実力。

それによって多くの人を助けて、慕われ称えられる存在になったんだもんね。

そんな風に、思わず感心してしまうのだった。


夕飯の時間まで、私はアネットが買ってきてくれたミュラのお土産を見て過ごした。

オージェとフランはリーデルさんやパスカルさんにいろいろと話を聞いていたし、レオンさんは本を読んでいた。アニエちゃんとミシャちゃんは、紅茶を飲みながら談笑している。

そうして段々と日が落ちてくると、パスカルさんが「今日は私がご飯を作る」なんて言い出す。

私とクレールさんとパスカルさんは、キッチンにやってきた。

「パスカル様は、お料理が得意なのですか？」

「何を隠そう、パーティのお料理担当は私だったのよ」

クレールさんに対して、自信ありげに答えるパスカルさん。

なんか意外かも……話を聞く限り、アルクさんがお料理とかしてるのかと……。

「サキちゃん、今アルクの方がお料理が得意そうとか思わなかった？」

「そ、そんなことないですよぉ〜」

考えていることを見透かされた私は、目を逸らしながらはぐらかす。

パスカルさんは私を少し半目で眺めたあと、胸を張って言う。

「ま、乗せてもらってるんだから一宿一飯の恩義ってやつ？　ご飯を作らせてもらうわ」

クレールさんは、目を輝かせてパスカルさんを見つめる。

「勇者様御一行を支えたお料理、勉強させていただきます！」

「ふふ、参考になるかわからないけどね」

そう言うや否や、パスカルさんはエプロンを着けるでもなく、火をおこすでもなく、杖を取り出した。

「杖？」

「第三《トリル》ユニク、第一《シグル》ウィンド、第二《ダブル》アクア、第一《シグル》フレア」

パスカルさんは食材を宙に浮かせ、風魔法で切ったあと、それらを水球で包み、炎魔法で煮込む——なんていう、魔法を存分に活かした調理を見せた。

そこに調味料や生クリームを加え、数分煮込んでから、これまた魔法を使って水球の一部分を切り出して味見し、頷く。

お皿を人数分並べ、料理を魔法で均等に分けたら、完成だ。

「はい。ギユウのローストと魚のクリームスープよ」

ぽかんと眺めていたクレールさんに、パスカルさんは言う。

「どう？　参考になったかしら」

「す、すごすぎて……夢を見ているようです」

「ふふふ、現役《げんえき》のメイドさんにそう言ってもらえるなんて、嬉しいわ。さ、早く食べましょう」

パスカルさんはそう口にすると、魔法でスープをリビングへ運ぶ。

「みんな、ご飯ができたわ」

パスカルさんがテーブルにお料理を並べると、みんなが集まってくる。

「わぁ、美味しそうです！」

「いい匂いっすね！　賢者様が作ったんっすか？」

「これはすごいね。プロ顔負けじゃないか」

ミシャちゃん、オージェ、フランが口々にお料理のクオリティの高さを絶賛している。

すると、さっきまで寝ていたリーデルさんが目を覚まし、テーブルへとやってくる。

「懐かしい匂いがする……あ、これ、昔僕の好物だった料理……むぐ！」

リーデルさんが話してる途中で、パスカルさんが人差し指をピンッと立てる。

すると、お肉が魔法でリーデルさんの口へと突っ込まれた。

リーデルさんの顔は、少し赤い。

もしかして……リーデルさんに自分の手料理を食べさせたかったたっていうのが真の目的……？

とても微笑ましくて、つい顔がニヤけてしまう。

「サ、サキちゃんも早く食べなさい！」

「んぐっ！」

照れ隠しに、私の口にもお肉が突っ込まれる。

あ、美味しい……。

好きな人のために行動するパスカルさんの姿勢は、私も見習わなきゃなぁ。

パスカルさんの完全魔法調理のお料理はとても美味しくて、もしかしたら生きていた時からリーデルさんのために練習していたのかなと考えると、これまたニヤニヤしちゃいそうだ。

食事を終えて、今私はパスカルさんに教わりながら後片付けをしている。

魔法を使った料理を覚えるには、まず魔法で細かい作業ができるようにならなきゃいけないんだって。

「そうそう、頭の中でどう行動するかを、予《あらかじ》め決めておくのよ」

「あぁ、なるほどです」

「じゃあ、もう一度やってみて」

私はパスカルさんの教えを活かして作業を続けるけど……意外に難しいよぉ。

少しして、パスカルさんは口を開く。

「それにしても、まさかリーデルが本当にあの墓石を出てミュラまで来たくれただなんて、今でも信じられないわ」

「そうなんですか？」

「私が蘇生する魔法を発動する条件があるって言ってたじゃない？　サキちゃんにだけ教えるんだけど、その条件って、『リーデルの思念魔力が魔法陣に触れること』なの。で、リーデルの思念魔力に会える人間の条件は、彼に近しい魂を持つ者、だった」

まさかリーデルさんに会う条件がそんなだったなんて……。

勇者様と近い魂を持っているだなんて、光栄かも。

どちらかというとリーデルさんに憧れていて、食い逃げ犯に真っ先に立ち向かったオージェの方が納得感があるのは、少し悔しいけど。……いや、今重要なのはそこじゃないか。

私は慎重に言葉を選んで、返す。

「結構難しい条件ですね」

「そうね。でも、せっかく死者蘇生魔法を完成させても知ってる人がいなかったらきっと寂しいし、そもそもリーデルに会うために完成させた魔法だったから……。あのリーデルが、じっとしてるわけないとは思っていたけどね！」

気恥ずかしそうに笑うパスカルさんは、ただの女の子みたいで。

まさか賢者様とこんな恋バナみたいな会話をするとは思わなかったなぁ。

のほほんとそんなことを考えていると、パスカルさんが爆弾を投入してくる。

「それより、サキちゃんの方はどうなのかしら？　レオンくんと」

「へ!?」

宙に浮かせているお皿があらぬ方向へ飛んでいく。

「ほらほら、集中を切らさないの」

「だ、だって……急にレオンさんのことを聞いてくるから……」

ニマニマと笑うパスカルさんをじとーっと見ながら、私はお皿を仕舞う。

ちょうど洗い終わったタイミングでよかった。

「でも実際、レオンくんのこと好きでしょ？」

「それは……そうですけど……」

「どうなのかしら？　いい感じなの？」

「……わかりません。アピールしてるつもりではあります。でも一度、超高度読心術で考えを読んでやろうと思ったんですけど……なかなか難しくて。未だにレオンさんの気持ちはわからずじまいです」

「うわーそのためにそんな高等魔術を覚えちゃうだなんて……よっぽど好きなのね！」

いや、好きな人のために死者蘇生魔法を編《あ》み出そうとした人に言われたくないんですけど⁉

そんな風に思っていると、パスカルさんは人差し指を立てて、顔を近づけてくる。

「……サキちゃん、なんだかあなたからは私と似た雰囲気を感じるから、一つだけアドバイス。あなたもレオンくんもきっと今より強い魔法使いに育っていく。でもそういう人たちは、いつ命を落とすことになるかわからないわ。だから、なるべく一緒にいなさい。サキちゃんはきっと別れの時なんて来ないように努力のできる人だと思うけど、それでも、悔いを残さないようにね」

「……はい。ありがとうございます」

パスカルさんの言っていることには、とても説得力があった。

『自分がそうだったからあなたはそんな辛い思いをしないでね』という意図なのだと、私は思った。

私の返事を聞いて、パスカルさんはにっこりと笑った――かと思ったその瞬間。

「……っ！」

パスカルさんは一瞬体を震わせ、険しい表情になる。

「パスカルさん？　どうかしました？」

「……サキちゃん、今はアチューリへ向かってるのよね」

「え？　はい」

「今すぐ行き先をリベリカに変更してほしいの」

ただならぬ様子のパスカルさんに、私は息を呑む。

パスカルさんは私に事情を説明してから、「みんなをリビングに集めて」と言った。


リビングにて、パスカルさんは凛《りん》とした声で言う。

「みんな、楽しく過ごしていたところ、ごめんなさい。私のわがままを聞いてもらう形で申し訳ないんだけど、行き先をアチューリからリベリカに変更させてほしいの」

「行き先を変更するのは構いませんけど、何かあったんですか？」

フランの言葉に頷いてから、パスカルさんはさっき私にした説明をみんなの前で始める。

「私は昔、リーデルたちと回った街に『印』を置いていたの。離れた場所であっても、その印があれば、大雑把にではあるものの、その地の魔力的異常を感知できるようになるのよ。でも、印の効果も年とともに薄れていってしまう。今それが残っているのは、アファンとリベリカ。さっき、そのうちのリベリカから、異様な魔力を受信したわ。それが何か、突き止めなきゃ」

「異様な魔力だって？」

リーデルさんが聞くと、パスカルさんはこくりと頷く。

「取り越し苦労で済めばいいんだけど……」

「そうでない場合、リベリカで何かトラブルが起きる……ということですよね？」

「そうなるわ」

パスカルさんは、フランの質問にそう答えた。

フランは少し考えてから、アネットの方を見る。

「アネット」

「は、はいですわ」

「この旅行に出る前にした約束、覚えているよね？」

「……っ！　ですが、お兄さま！　私だってお役に――」

「ダメだ。約束が守れないのなら、今すぐサキに別の車を用意してもらって、帰らせる」

「う、うぅ……！」

フランが言う『約束』とは、『旅行の途中で危険な事態に陥った場合、アネットは先に工都へ帰る』というものだ。

アネットも、対抗戦でＭＶＰを取るほどの実力を身につけた。

でも、リベリオンをはじめとした脅威《きょうい》と相対するには、まだ実力が不足している。

「パスカルの勘違いってこともありえるし、リベリカへは一緒に行こう。で、本当に危なかったら引き返すって感じで」

泣き出しそうになっているアネットを宥めるように、リーデルさんはアネットに寄り添う。

でもアネットは、リーデルさんを抱っこして女子部屋へと駆けていってしまった。

きっと、アネットもごねても仕方ないと、理解はしているのだろう。だから自分の気持ちの整理をつけるために、部屋へと戻ったんだ。賢い子だから。

「フランくん、ごめんなさい。私のせいで……」

頭を下げるパスカルさんに、フランは笑ってみせる。

「いえ、厳しくするのも兄の務めですから。それに、姉が厳しくするのが苦手となると、僕がやるしかないですしね」

「う……」

言葉に詰まる。

確かに私はアネットに厳しくできないけど……。

それを見てフランは満足げに笑い、言う。

「もっとも、僕たちも危ないと判断したらアネットと一緒に帰還しますよ」

「まぁ、本当にトラブルが起こると決まったわけじゃない。せっかくの旅行なんだし、注意を払いながら、楽しもう。僕はクリフさんに事情を説明して、行き先を変更してもらうよ。危険だからって反対される可能性もなきにしもあらずだが……まぁ交渉は任せてくれ」

レオンさんの言葉に、私たちは皆頷いた。

それを見て、パスカルさんが私に話しかけてくる。

「サキちゃん、悪いんだけどリーデルを呼んできてくれるかしら」

「え？　はい。わかりました」

私はリーデルさんを呼びに、女子部屋に向かう。

さて、フランにあんな風に言われたら、私もお姉ちゃんらしいところを見せないと。

私はベッドに座るアネットの隣に腰を下ろしつつ、彼女の膝に座るリーデルさんを床に下ろした。

「リーデルさん、パスカルさんが呼んでましたよ」

「そうかい？　わかった」

リーデルさんが部屋を出るのを待ってから、私は口を開く。

「アネット、フランはアネットのこと足手まといだと思っているんじゃなくてね――」

「わかってますわ……お兄さまはいつもアネットのことを大事に思ってくれていますの。でも……アネットだって皆さまの役に立てますの！　お姉さまだって三学年の時はたくさん活躍なされていましたし、アネットだってお姉さまやお兄さまの背中を――」

そう言い募《つの》るアネットを、私はそっと抱き寄せた。

「そんな風に思ってもらえて、私は姉として嬉しいよ。でもね、無理に頑張るのは、褒めてあげられないかな。アネットはきっと私たちの功績を聞いて、焦っているんだよね？」

「実際にお姉さまもお兄さまもクラーケンを倒したり、リベリオンの基地に乗り込みアニエさまとそのお父さまとお母さまを助けたり、それに……！」

なおも必死に言葉を紡ぐアネットの頭を撫でて、私は言う。

「それは、誰かを助けたい一心で動いた結果でしかないんだよ。他人のためにって気持ちが積み重なってできたことなの。さっきフランに言われた時、アネットは誰かを思っていた？」

「……！」

私に言われたことを咀嚼《そしゃく》するように、アネットは俯《うつむ》いた。

きっとアネットは、『置いていかれたくない』という一心なのだ。それが向上心の源になっているのはわかるし、悪いことじゃない。でも、そういう気持ちが無茶な行動に繋がったら危ない。

アネットは私の胸に顔を埋めて、ぽつりと零す。

「私は……お姉さまのようにはなれないのでしょうか……？」

「アネットは頑張り屋さんだから、もっと強くなるよ。でもね、私を追いかけてアネットが危険に身を投じる必要はないの。きっといつか、アネットが強くなった時に誰かを守らなくちゃいけない時がくる。その時、その人を全力で守り抜けるように、力を磨かないとね」

「はいですわ……」

それからしばらく私の胸に顔を埋めてから、アネットはがばっと顔を上げる。

「お兄さまに謝ってきます……」

「うん」

私はアネットと一緒に女子部屋を出て、フランのところに向かった。

そしてアネットはしっかり謝って、フランの胸の中でも泣いた。

これまではフランに何か否定される度に不機嫌になっていたアネット。

そんな彼女の成長を見て、なんだかほっこりしてしまった。

◆

「パスカル、話ってなんだい？」

『みんなが寝静まったあと、話をしたい』というパスカルの言葉通り、僕は深夜に車の外に出た。

「リーデル、あなたにだけは伝えておこうと思って」

「もしかして、リベリカから受信した異常な魔力が、マリーのものに似ていた……とかかな？」

「……あなた、昔から変なところで勘がいいわよね」

「あはは、みんなによく言われてたね。まぁ、剣士の勘ってやつだね」

しばし、静寂。そして、パスカルはやっと口を開く。

「とはいえ、まるっきりそうってわけじゃないの。魔力って人によって波長っていうの？　揺らぎに特徴があるのよ。マリーとシヴェルデと……それ以外の何かの波長が混じり合っているのを感じたわ」

「君の魔力感知の精度の高さは知っているから、信じるよ。でも、なんで僕だけに？　サキやレオンくんにも伝えておいた方がいいんじゃないかい？」

僕がそう問うと、パスカルは悲し気な笑みを浮かべる。

「みんなの楽しい旅行を今ですら半《なか》ば邪魔しちゃってるし、これ以上心配をかけたくないのよ。それに、あなたには心の準備をしてもらわないとならないから」

「心の準備？」

「もし、もしよ。マリーがサキちゃんたちの話している通り悪いやつになっていたとして、あなたにマリーを斬る覚悟があるのかしら？」

「――っ」

痛いところを突かれた。

僕はマリーと相対する未来から、目を逸らそうとしていたのだ。だって、あの真っ直ぐなマリーが邪悪な心を持っているだなんて、未だに信じられない……信じたくない。

せめて、今のマリーをその目で見てからにしたい……そう思っていたのだが、パスカルは言う。

「昔の仲間が今の時代の子たちを苦しめているのなら、そのけじめをつけるのも私たちの務めよ」

「……君はもう覚悟をしたのかい？」

「……正直、前向きに捉えられてはいない。でも、私は正しいことに魔法を使う。それは昔も今も変わらない」

パスカルらしい答えだ。

昔から正しいと思うことを貫いてきた彼女は、きっとマリー相手でも迷うことなく判断できる。

でも僕は……。

考える最中にも、マリーとの思い出が頭を過《よ》ぎる。

だが彼を見逃すことが、子供たちの未来を奪うことに直結する可能性だってあるのだ。

きっと、このままではいけない。

リベリカに着く頃には、僕も決意を固めなければ……。

「言いたいことはそれだけ。まぁ、犬の姿のあなたにどこまでのことができるかはわからないけど。

ふぁ〜……それじゃあ私、寝るから」

パスカルはそう悪戯っぽく言って、車の中に入っていった。

次いで僕も車の中に入り、リビングのクッションの上で目を瞑《つむ》る。

戦うことなくこの旅を終えられれば、なんて都合のよすぎる未来を祈りながら。

◆

「お姉さま！　起きてくださいまし！」

私——サキは、アネットの声で目を覚ました。

昨日までは少ししゅんとしていたのに、かなりテンションが高い。

「アネット……？　どうかしたの？」

「お外を見てくださいまし！」

「外？」

私はどうにか起き上がり、アネットに手を引かれるままに窓の方へと向かう。

アネットがカーテンを開くと、真っ白な雪で覆われた大地が目に飛び込んできた。

「雪です！　一面真っ白ですの！」

王都周辺でも冬には雪が降る。

ただ、ここまで積もることはないから、アネットのテンションが上がるのも当然か。

ちなみに私は、前世で何度か大雪を経験したことがある。

だけど、ここまで見事な雪景色を前にすると、やっぱり感動してしまうよね。

アネットと景色を眺めていると、アニエちゃんの声がする。

「あ、二人とも起きたのね。朝ごはん、もうできるみたいよ」

パジャマ姿の私とアネットに対して、アニエちゃんの準備は万全だ。

私とアネットは顔を洗い、着替えを済ませてからリビングのテーブルについた。


朝食を終えると、オージェとアネットが私の元に来た。

「サキ、ちょっとだけ外に出てもいいっすか!?」

「お姉さま、お願いします！　この雪の中で遊んでみたいんですの！」

そ、そんなに？　でも、先を急いだ方がいいんじゃなかったっけ？

ちらっとパスカルさんの方を見ると、肩を竦《すく》めている。

『しょうがないから、遊ばせてあげましょう』って感じかな。

「わかったよ。でもちょっとだけね」

私がそう答えると、オージェとアネットは揃って喜びの声を上げる。

「やったっす！」

「わーいですわ！」

それからクリフさんに言って車を停めてもらう。

すると、アネット、オージェが車から一目散に飛び出した。

「うぉー！　行くっす！」

「アネットが一番乗りですの！」

「あ、二人とも⁉」

アニエちゃんが止めようとしたものの、時すでに遅し。

二人は思いっきり雪の中にダイブ。そのまま深く沈んでいった。

柔らかい雪が、かなり積もっていたってことらしい。

ちなみに車が沈まないのは、雪の上を走れるようにタイヤに魔法を施してあるからだ。

念の為に魔法をかけておいて良かったよ。

パスカルさんが、雪に埋まった二人を魔法で引っ張り上げる。

「さささささみぃっすすすすす……」

「くく首とあああああ足さきが痛いですすすすすの」

「もう……あれほど寒いところではサキとミシャの用意してくれた服を着なさいって言ってたのに……」

空中で凍《こご》える、オージェとアネットに対して、アニエちゃんがため息を吐く。

二人はパスカルさんに地面に下ろしてもらうと、一旦車の中で濡《ぬ》れた服を私とミシャちゃんの作った特製の防寒着に着替えて戻ってきた。長靴《ながぐつ》も履いている。

当然それ以外のみんなも同様の装いだ。

ちなみに、長靴には車のタイヤに施したのと同様の、雪に沈まない魔法をかけてある。

それから私たちは、各々雪を楽しむことに。

アニエちゃんは雪を触りつつ、興味深げに言う。

「王都の雪とは違って、サラサラなのね」

「サキちゃんは、ぱうだーすのー？　と言っていました。うーん、これもなんだかお洋服に活かせそうで……インスピレーションが湧いてきます！」

ミシャちゃんはそう言って、ぐっと拳を握った。

その横で私が膝くらいの高さの雪玉を転がしていると――

「サキ、何をしているんだい？」

レオンさんが質問してきたので、私は答える。

「雪だるまを作っています」

「ゆきだるま？　なんだい、それは」

こっちでは雪だるまってないのか。

私は一旦先ほどまで転がしていた雪玉を脇に避け、別に大きさの違う小さな雪玉を二つ作り、小さい方を大きい方の上に乗せた。

「こんな感じで、雪の人形みたいなのを作るんです。枝や小石を使って手と顔をつけて……ほら」

近場には雪しか見当たらなかったので、草魔法と土魔法で小枝と小石を作り出し、ミニ雪だるまを作って、笑顔で差し出す。

レオンさんはなぜか少し顔を赤くしつつそっぽを向いてしまう。

それから私の方に向き直って、言う。

「僕も手伝うよ。二つ必要なんだろう？」

私はレオンさんの行動の意図が掴めず、内心首を傾げつつ脇に避けておいた雪玉を指差す。

「ありがとうございます！　それじゃあこのくらいの大きさの玉を作ってください！」

それからしばらく二人で雪玉を転がし続け、最後には魔法も使って、かなり大きな雪だるまを作ることができた。

私とレオンさん以外は雪合戦をしていたんだけど……またしてもオージェが雪塗《まみ》れになっていた。

そんな風にひとしきり遊んでから、私たちはリベリカへ向けて再出発する。

お昼頃、リベリカにたどり着いた。

あたり一面は雪に覆われているのに、街の周囲だけは一切雪がない。

パスカルさんが以前、街の人たちが過ごしやすいようにと炎の魔石を使って半永久的に街とその周辺だけ雪が溶けるようにしたらしいのだ。

宿を取って車を停めておいてもらうようクリフさんとクレールさんに言って、私たちはリベリカ散策を始める。今日はリベリカで一泊する予定なので、以前ここに来たことがあるというクリフさんに話を聞きつつ、予めどこに泊まるか決めておいたのだ。

パスカルさんが違和感を感じたと言うから少し警戒していたけど、街の様子は平和そのものだ。

「うーん、街は特に何もなさそうだね」

パスカルさんが納得のいかない顔をしつつ手を口元に持っていき、考え込む。

その横ではリーデルさんも難しい顔をしている。

「そう……みたいね」

「ま、パスカルにだって勘違いはあるってことだね」

リーデルさんが安心したように言ったその瞬間――北の方から、鐘がカーンカーンと鳴り響いた。

「北側に魔物が出た！　避難しろ！」

「また？」

「最近多いわね……」

「まるで勇者様の時代の再来のようじゃ」

街の人たちは口々にそう言いながら、避難所や自分の家に避難し始める。

レオンさんが、私たちに指示を出す。

「アニエ、みんなを連れて宿に戻るんだ。僕は様子を見てくる。必要であれば魔物を討伐するよ」

「わかりました」

アニエちゃんが頷くのを見て、レオンさんは続ける。

「サキとリーデルさん、パスカルさんは一緒に来てください！」

私たち三人は頷く。

そして私は魔力を練り、自分とレオンさん、リーデルさん、パスカルさんの三人に魔法をかける。

「空中浮遊」

それから少し移動すると、猪《いのしし》型の魔物がいた。

それを討伐すべく冒険者らしき人たちが剣を構えたり魔法を放ったりしているのも見える。

しかし、魔法の威力が足りてない。これじゃあジリ貧だ。

「サキ、僕を下ろして！」

「はい！」

空中浮遊を、レオンさんにかけているものだけ解除する。

レオンさんは落下しつつ、ノーチェを引き抜いた。

私はそれを横目に、魔物が魔法の射程距離に入るよう移動し、掌を前に向ける。

ちょうどその時、剣士の一人がバランスを崩して転んでしまった。

猪はそれを見て、剣士に向かって突撃する。

剣士は「うわぁ！　もうダメだ！」と悲鳴を上げた。

しかし、剣士の目の前にレオンさんが着地し、剣で猪の突撃を止めた。

「サキ！」

「銃弾補充《バレットオープン》！　【雷弾発射《ライトニングバレット》】！」

私は空中から、猪の魔物の頭を撃ち抜いた。

魔物はそのままドスンと音を立てて倒れた。

私が地上へ降りると、レオンさんはノーチェを鞘に収めて、私の方を向いてから左手を挙げた。

「サキ、さすがだね」

「怪我はないですか？」

「あぁ、さすがに手が痺《しび》れているけど、怪我はしていないよ」

「よかった」

パスカルさんとリーデルさんは『手を出すまでもない』と思ったのだろう、まだ空中だ。

「あなた方は……」

猪の魔物と交戦していた魔法使いと思《おぼ》しき女性が、私たちに話しかけてきた。

レオンさんは彼女に頭を下げてから、自己紹介する。

「はじめまして、僕はクロード家のレオン・クロード・ライレンと言います」

続いて私も口を開く。

「私はサキ・アルベルト・アメミヤと言います」

王都の四公爵の名前はさすがに遠方の地にも届いている。女性は慌てて頭を下げた。

「大変失礼いたしました。私はリベリカの冒険者ギルドで副ギルドマスターをしているシャオ・イーラニックと言います。先ほどは助けていただき、ありがとうございました。リベリカ市民、並びに冒険者ギルドを代表して感謝を申し上げます。ここで立ち話というのもなんですので、もしよろしければ冒険者ギルドに来ていただけませんか？」

パスカルさんの方を振り返ろうとすると、彼女は思念伝達で『私たちは先にアニエちゃんたちと合流しているから、事情を聞いておいて〜』と伝えてきた。


そうして私とレオンさんは、冒険者ギルドの応接室へ。

その道中、避難したみんなにイヤフォン型の通信魔道具のミミフォンで現状を伝えておいた。

「お二人とも冒険者登録をしてらっしゃるのですね。もしよろしければライセンスをお預かりしてもよろしいでしょうか？　今回魔物を討伐していただいたことを、実績に加えさせていただきたいのです」

私とレオンさんは傍《そば》に控えていたギルドの職員さんにライセンスを渡した。

そして職員さんが部屋を出ていくのを待って、シャオさんは口を開く。

「さて、改めてにはなりますが、ありがとうございました。最近、魔物の数が増えていて……」

「そんなに多いんですか？」

レオンさんの言葉に、シャオさんは頷く。

「ここひと月ほどで急に増えました。以前は魔物は半月に一体現れるかどうかといったところでしたが、最近は週に一、二体のペースです」

「それは確かに多いですね……何か思い当たる原因はありませんか？」

「それがまったくわからなくて。数百年前の魔王が君臨していた時代ならいざ知らず、ここ数百年の間こんなに魔物が出現するなんて、ありませんでしたから。ただ……」

「ただ？」

「二日ほど前、うちのギルド長が数人の冒険者を連れて北の古城に調査に向かったのですが……誰も戻ってこないのです。北の古城はここから半日ほどの距離にあるというのに。しかし、私もここを離れるわけにはいかないので……」

「なぜ北の古城に調査に行こうって話になったんですか？」

「魔物の九割が北側から侵攻してきているのです。それに北の古城は……かつて魔王が根城にしていた、曰くのある場所ですから」

確かにさっきも街の北側のエリアに魔物が現れていた。

それにしても異様な魔力に魔物の大量発生、そして魔王の根城……か。

嫌な予感がする。

私は口を開く。

「で、でも街の周りは雪が積もっていましたし、それで立ち往生《おうじょう》したって可能性も……」

「いえ、それはないでしょう。このあたりで雪が降るのは日常茶飯事《にちじょうさはんじ》。なので、それでも移動できるよう、工夫しているんです。あまりにも雪の量が多過ぎたら移動できないこともあるでしょうが……ここ最近の降雪量は例年通りなので」

ということは、北の古城で何かがあったとしか思えないね。

私たちは黙り込んでしまう。

すると、シャオさんはふと気付いたように口を開く。

「そういえばお二人はいったい何をしにリベリカまで？　リベリカを管理する侯爵様は現在公務で王都におられるはずですが……」

「あ、公務ではなく、勇者様の旅路《たびじ》をたどる旅行をしていまして。学園行事の参考にしようかと思っていたんです。皆さんが大変な時に、すみません……」

そう口にした私に対して、シャオさんは慌てて両手を顔の前で振る。

「い、いえ！　この街の人じゃないと知り得ない事情ですから！　むしろこちらこそバタバタしていて、お手を煩《わずら》わせてしまい、すみません。せっかくいらしたのですから、楽しんでいっていただければ幸いです。こちらのことは、こちらで対処しますから」

シャオさんの話がちょうど終わったところで、扉がノックされた。

「入って」

「副ギルド長、ライセンスの処理が終わりました」

ギルドの職員さんが持ってきたライセンスを、シャオさんは「ありがとう」と口にして受け取り、私たちに渡してくれる。

「ライセンスをお返しいたします。それでは、ぜひリベリカを楽しんでいってください」

私たちは一礼してから、応接室をあとにした。


「サキ！」

冒険者ギルドを出たところで、アニエちゃんが駆け寄ってきた。

それ以外のみんなも後ろにいる。

「みんな、大丈夫だった？」

私の言葉に、アニエちゃんが頷く。

「えぇ、私たちは大丈夫よ。それより何があったの？」

ギルドで聞いた話をみんなに話し終わったタイミングで、リーデルさんが難しい顔で口を開く。

「……僕とパスカルはその古城に向かってみようと思う」

パスカルさんも頷いた。

「様子を見たら、戻ってくるから」

「それなら、私も一緒に――」

そんな私の言葉を遮るように、リーデルさんは言う。

「サキはみんなと一緒に思い出を作ることを優先するべきだ。それに、僕にもしものことがあっても召還従魔の体は魔石に戻ってくる。だから、テリーについても心配しなくていい。もう少しだけ体を借りることになってしまうのは、心苦しいけれどね」

パスカルさんは、それを聞いて、手をパンと打ち鳴らす。

「そういうわけで、私たちはここでお別れ。これまでの道のり、とても楽しかったわ」

リーデルさんとパスカルさんは私たちを危険に巻き込まないように気を遣ってくれている。

二人は勇者と賢者。

きっと、関係のない人たちを巻き込む方が辛いのだ。

でも、本当にそれでいいの？　ここまで一緒に旅をしてきたリーデルさんとパスカルさんを危険だとわかっている場所に送り出すだなんて……。

私が少し下を向いて考え込んでいると、レオンさんが私の肩に手を置いた。

「サキ、思っていることは伝えなきゃ」

……レオンさんは、いつも私の背中を押してくれる。

そうだよね。リーデルさんとパスカルさんだって、もう私の大切なお友達なんだから……。

「リーデルさん、パスカルさん、やっぱり私も行きます」

「え？　で、でも……」

戸惑った様子のパスカルさんに、私は続けて言う。

「私にとってはもうお二人は大切な友達なんです。だから一緒に行きます。それで一緒に帰ってきて、全員でリベリカを楽しむんです」

レオンさんも手を挙げる。

「僕も行きますよ。冒険者は、ギルドが困っているのなら協力しないと」

「そ、それなら私たちも！」

アニエちゃんも、そう口にした。

それ以外のみんなも、真剣な顔で頷いている。

でも、ここから先は、本当に何があるかわからない。

だけど、それをそのまま言ったとて、納得してもらえるかな……。

そう思っていると、レオンさんが口を開く。

「アニエ、僕らはあくまで冒険者として向かうんだ。君たちは旅行に来た貴族。そこまで首を突っ込む道理はないよ」

「で、でも……」

納得していない様子のアニエちゃん。

その隣で、フランが口を開く。

「わかりました。ですが、またリベリカに魔物が入り込んだ際には勝手に動かせてもらいますが、かまいませんね？」

「……あぁ、わかったよ」

フランはきっと、自分たちが足手まといになるだろうことをわかっている。

だから、最大限譲歩《じょうほ》してくれたのだ。

私はブレスレットに向かって話しかける。

「……ネル」

『はい、サキ様』

「私が古城に行っている間、みんなと一緒にいてあげて」

『……っ！　しかし、私はサキ様の従者であって――』

「お願い。私たちが帰ってきた時に誰かが傷ついていたり、街が大変なことになったりしたら私、悲しいよ……」

『……レオン様』

「なんだい？」

『サキ様のこと、必ずお守りください。サキ様にもしものことがあれば、私はあなたを許しません』

「言われるまでもないよ」

レオンさんの返事を聞いて、ネルはブレスレットから人型へと変身した。

「サキ様も、もし何かあれば必ず私に思念伝達で連絡すると、お約束ください」

「わかったよ」

ネルに返事をして、私はリーデルさんとパスカルさんの方を向く。

「そういうわけですので、私とレオンさんが同行いたします」

「……すまない。助かるよ。でもサキ、君のことは僕とパスカルが全身全霊で守ると誓《ちか》うよ」

「ええ」

……あれ？　なんやかんやで私だけ三人に守られる構図になってない？

こうして私たちは、みんなに見送られて北の古城へ向けて飛び立つのだった。


リベリカと北の古城の間に広がる森の中には、ちらほら魔物がいる。

しかもその数は、古城へ向かうほど増えていってる気がする。

「これじゃあまるであの時の……」

そんな風にリーデルさんは呟いている。

パスカルさんは険しい顔で、森に視線を遣《や》ったままだ。

陸路で行けば半日かかる古城までの道も、空を飛べばすぐに着く。

入り口に降り立った……のだが、周辺には魔物は一切おらず、不気味なほど静か。

以前聞いた、魔王とリーデルさんが相対した時の状態に、とても似ている。

古城へと足を踏み入れる。

リーデルさんを先頭に、レオンさん、パスカルさん、私の順でゆっくりと周囲を警戒しながら進む。

もうここまで来れば、パスカルさんでなくとも濃密な魔力を感じ取れる。

それをたどるように進んでいき、やがて王の間へ続く扉の前にたどり着いた。

「……」

扉の前で、リーデルさんが一度足を止めた。

この先にある部屋でリーデルさんは魔王と戦い、命を落とした。

リーデルさんとパスカルさんは、いろいろなことを感じていることだろう。

「いくよ」

リーデルさんが体当たりするようにして、扉を開ける。

王の間の奥には黒いドレスを身にまとい、扇子《せんす》を持った女——ミシュリーヌの体を乗っ取った、ロンズデールが座っていた。

そして、その足元には冒険者たちが倒れている。

恐らく彼らが、二日前に街を発《た》って、様子を見に来た冒険者なのだろう。

「こんなところで貴様らに会うことになるとはな」

そう口にするロンズデールに、私は一歩前に出て叫ぶ。

「ロンズデール……この人たちに何をしたの！」

「ククク……襲ってきたところを返り討ちにしてやったまでのこと。貴様らはまたしても私の邪魔をするのだな。そして後ろにいる魔術師らしき女は——」

パスカルさんが帽子をクイッと上げて顔を見せると、ロンズデールは驚愕の表情を浮かべる。

「久しぶりね、マリー」

「パスカル……なぜ」

「あら、私が魔術書塔で研究していた魔法のこと、忘れちゃったのかしら？」

「死者蘇生魔法……だが、バカな！　完全な蘇生は不可能だと言っていたじゃないか！　あれは嘘だったのか!?」

取り乱すロンズデールに対して、パスカルさんは冷静に答える。

「いいえ、完全な蘇生は完成していないわ。ここにいる私は、記憶を収めた魔石を、代わりの体に入れただけの、代替《だいたい》に過ぎないのだから」

「僕もいるよ」

「その声は――！」

リーデルさんの声を聞いて、ロンズデールはさらに取り乱す。

「なぜだ！　確かにあの時リーデルは、死んだはず！」

「僕はリーデルの思念魔力――記憶と魔力の集合体だ。この子を器にすることで、存在している。パスカルとほとんど同じようなものだな。そんなことよりマリー、サキから話を聞いた。なぜこんなことをしているんだ。優しかった君がどうしてこんな――」

「黙れ！　思念魔力なんて言葉で誤魔化したって無駄だ！　つまりお前はリーデルの亡霊のようなものだということだろう。そんなやつに、私の何がわかる！」

リーデルさんの言葉を払いのけるように、ロンズデールは叫んだ。

そして、心底憎しみの籠《こも》った声で続ける。

「お前が……お前があの時生きていてくれれば……！　お前を取り戻すために、私がどれだけ苦しんだか、わからないだろう！」

その悲痛な叫びに、リーデルさんは悲し気な表情で言う。

「マリー……君がそんなにも僕のことを思っていてくれたことはとても嬉しいし、誇らしく思う。でも、あの時はあれが最善だったんだ。僕が死ぬことでヴィグもアルクもパスカルも、もちろん君も守れた。だから――」

「黙れ黙れ！　お前がどう思おうとも、私はもっと……お前と……君と……」

ロンズデールの頬を、ツーっと涙が伝う。

それを見て、リーデルさんは声音を優しいものにする。

「マリー、君だってこんなこと、したくないはずだ。だからもうやめるんだ。これ以上この世界の人たちを傷付けちゃいけない」

「わ、私は……ぼ、クは……う、ぐぅ！」

突如変調を見せるロンズデール。

しかし頭を押さえて蹲《うずくま》ったかと思えば、能面のような表情でこちらを向いた。

「おいおい、ここまで大事に大事に育ててきた宿主を、壊してくれるな」

口調が急に別人のようになった!?

しかも周囲の魔力が全て支配されているかのような、水の中にいるような息苦しさを感じる。

「お前はまさか、シヴェルデ……なのか」

「久しぶりだなぁ、リーデル。それにパスカル」

「お前はあの時、僕と一緒に死んだはずだろう！」

「あぁ、体の支配を奪われている間に自殺するだんて、まったく恐れ入った。だが、次善の策は用意しておくものだな。あの時、こいつ……マリーとか呼んでいたか？　の精神に私の精神の一部を宿らせておいたのだ」

「だとしても、なぜ今になって――」

「貴様らのせいで、精神の大部分を失ったために、体ごと乗っ取るほどの力は残っていなかったのだ。だがこの男はいい土壌《どじょう》だった。弱った精神ほど乗っ取りやすいものはないからな。この男は貴様を自殺に追いやったことに、強い罪悪感を抱いていた。それを陰から増幅し続け、闇の魔力を蓄えさせてもらったのだ。だが、それはあくまでスタートだ。私の本当の目的は別にある」

「本当の目的……だと？」

「ああ。貴様の体は今まで乗っ取った肉体の中で最も良質だった。精霊との親和性が高く、動かしやすい。故にリーデル、貴様の完璧な体を使い、再び人々を支配する！　貴様の体を再現するための術式はもう完成している。それを発動するためには膨大な治癒属性の魔力が必要だったが、プレシア姫からいただいた。魔法発動まではかなりの時間を要するが、それももう少しで成るだろう」

「なんてことを……」

リーデルさんは息を呑んだ。

少しして、リーデルさんが再び口を開く。

「そうまでして人間を害するのに、何か理由はあるのか……？」

「理由……そうか。そういえば言っていなかったなぁ。私は――闇の精霊オスクルの契約者、シヴェルデ。この世界の感情を管理する、闇精霊を救うべく、人間を排除しようと考えているのだ」

「どういうことだ？」

「闇精霊は人間や動物、植物から溢れる感情を吸収、あるいは増幅することで世界の精神バランスを保っている。だが、そんな中でも人間はとりわけ負の感情を多く吐き出す。負の感情が溢れれば周囲の魔力に影響を及ぼし、生態系は崩れる。そんなこともわからずに人間は常に何かを奪い、傷つけ、殺し、苦しめる。愚《おろ》かなことこの上ない！　そんなやつらのために働く闇精霊を見て徒労だと、私は思ったよ。そこで、発想を変えたのだ。そもそも世界のバランスを乱す人間を殺してしまえばいいのだとな。負の感情を支配により抑える。だが人間は勝手に増えていくからな。だから管理できる数まで、精霊に代わり私が選民するのだよ。貧富の差を生む王族貴族などはまさにその象徴！　抹殺対象《まっさつたいしょう》だ」

「ふざけるな！　闇精霊を想う気持ちは確かに尊い。だが、どんな理由であれ恣意的《しいてき》に選民する権利なんて、誰にもない！　そんなことは僕が許さない！」

「ククク……犬らしく吠えるじゃないか。なら、今回も止めてみるか？　この私を」

「止めてやる……そして、僕の仲間の心を返してもらうぞ！」

リーデルさんはそう叫ぶと魔法で雷の剣を作り出し、口に咥えて駆け出す。

「やってみるがいい……精霊の声を聞けるだけの小僧が！　あの時のように、上手くいくと思うな！」

シヴェルデも影から剣を作り出して引き抜く。

二人の剣が交錯《こうさく》した。

大きな金属音が響き、衝撃波が広がる。

「その姿で、なかなかやるじゃないか」

「君だって、自分の体じゃないくせによくやるよ！」

「動かせるだけじゃない。前の体ではできないこんなこともできる。【重力操作＋3《グラビティコントロールプラス》】」

シヴェルデが剣を持っていない方の手をリーデルさんへ向けると、地面にヒビが入った。

そして、リーデルさんは地面に縫い付けられたかのように、動きを止められている。

そこにシヴェルデは剣を振り下ろそうとする。

「くっ……」

「この――」

私は愛刀・白風《しらかぜ》を引き抜いて、シヴェルデの攻撃を受け止めようと一瞬で距離を詰める。

そしてなんとかシヴェルデの剣を受けたんだけど……想像よりも攻撃が重い！

「う……きゃあ！」

なんとかシヴェルデの剣を弾いたものの、私は吹き飛ばされてしまう。

しかし、レオンさんが受け止めてくれた。

「サキ、大丈夫⁉」

「はい……ありがとうございます」

そして視線をシヴェルデの方へと戻すと――

「第六《セクル》アクア・氷槍！」

パスカルさんが魔法でリーデルさんを援護していた。

それによって戦況はほぼ互角……いや、それでも少し押されているみたい。

レオンさんも同じような感想を抱いていたらしく、口を開く。

「僕とサキで援護しよう。できるかい？」

「……やります！」

「よし、いくよ！」

レオンさんに抱きかかえられたままだった私は、地面に降りる。

そして、白凪を構えた。

「魔力解放！」」

私とレオンさんの体から魔力が溢れて、一気にシヴェルデに肉薄する。

シヴェルデは空いている手にも剣を作り出し、私とレオンさんの剣を受け止める。

「ほう、その歳で魔力解放を使えるのか」

「二人とも離れて！」

「二重付与《ダブルエンチャント》・【光天撃《こうてんげき》】！」

リーデルさんの声を聞き、私とレオンさんがシヴェルデから離れた瞬間、パスカルさんが放った光の弾がシヴェルデに降り注ぎ、爆発する。

土煙が立ち込める中、リーデルさんは呟く。

「やったか？」

「リーデルさん、その言葉は禁句です」

こんなところで、古《いにしえ》のフラグを立てないで！

案の定爆煙が晴れると、シヴェルデが悠然と立っていた。

どうやら、闇魔法で影の壁を作って攻撃を防いでいたらしい。

「ククク、軽いな……生きていた時の半分ほどの出力か？　パスカルよ」

「くっ……」

歯噛みするパスカルさんをちらりと見てから、リーデルさんは言う。

「もう一度僕が攻める。レオンくんは僕と一緒に突撃してサポートを、サキはパスカルと共に離れたところから魔法で攻撃してくれ！」

「「了解」」

そしてリーデルさんが駆け出すのと同時に、魔法と剣術の応酬が始まった。

レオンさんとリーデルさんがシヴェルデと切り結び、私たちはその間隙《かんげき》を埋めるように魔法を放ち続ける。

シヴェルデはその全てを余裕の表情で捌き、反撃してくる。

このままじゃ埒《らち》が明かない！

そう思っていると、パスカルさんが声を上げる。

「サキちゃん！」

「はい！」

「『共合魔法！　【光の雨《スコール・レイ》】！』」

パスカルさんと無数の光の粒を纏った竜巻《たつまき》を作り、シヴェルデへ向けて放つ。

即興《そっきょう》だったけど、上手くいってよかった。

しかし、私とパスカルさんが渾身の力で放った魔法すら、シヴェルデは平然と受けきった。

どうやって攻めれば……！

なんて思っていると、唐突《とうとつ》にドサッという音が二つ聞こえてきた。

音のした方を見ると、パスカルさんとリーデルさんが倒れている。

「はぁ……はぁ……」

「くっ……そぉ……」

二人とも呼吸が荒い。私は慌てて二人に駆け寄る。

「リーデルさん！　パスカルさん！」

「ハハハ！　やはり作り物の体では、それが限界か！」

そう高らかに笑うシヴェルデに、レオンさんが突撃する。

「抜剣術【刹那《せつな》】！」

「貴様一人で、私に勝てるとでも？」

レオンさんが一人でシヴェルデの気を引いてるうちに、私は二人の元へ。

「二人とも、大丈夫ですか!?」

「サキ……悪いんだけど僕に魔力を……」

そうか、魔力が底を突きかけているんだ！

私はすぐにリーデルさんに手を翳《かざ》し、魔力を送る。

「パスカルさんは!?」

「……あんまり大丈夫ではないけど、リーデルよりはマシ。まだやれるわ！」

パスカルさんがそう言った瞬間、後ろからドン！　という大きな音がした。

振り返ると、レオンさんが壁に叩きつけられたところだった。

そして、シヴェルデは続いて、私たちに狙いを定めている。

「サキ、にげ――」

レオンさんの言葉を遮るようにシヴェルデは「遅い」と口にして、影でできた矢を放った。

防御魔法を展開する時間はない。回避も間に合わない！　でも、二人だけは……。

私はリーデルさんとパスカルさんの前に立ち、二人を守るように両腕を広げた。

「サキちゃん！」

「サキ！」

パスカルさんとリーデルさんの悲痛な声が、背後から聞こえる。

私は目を瞑る。

しかし……いつまで経っても痛みも衝撃も感じない。

ゆっくりと目を開けると――パパとママが矢を防いでいる!?

いや、一番驚きなのはそれじゃない。

グレゴワルが、パパとママと一緒にいる⁉　なんで⁉

9　あの日の後悔

「ふんふふーん」

「上機嫌だね、キャロル」

僕――フレルはサキが僕に作ってくれた馬に頼らない馬車……自動車の運転席に座っている。隣には当然キャロルもいる。

屋敷を出てから、二時間ほど移動しているんだけど、揺れもないし、かなり快適だ。

「サキたちと違って王都からリベリカまでどこにも寄らずに向かうから、たぶん帰りはサキたちと一緒になるんじゃないかな」

「あらぁ、それは嬉しいわ。あ、でもちょっと顔を見たら私たちは退散しましょ。子供たちの邪魔をしたら悪いし、何よりこれは公務なんだから」

「はいはい。たぶん明日には到着すると思う。自動運転に切り替えるから、僕たちはのんびりしていよう」

「ええ」

キャロルとこうして二人きりで遠出するのは、久しぶりかもしれない。

そんなことを考えつつ運転席を離れ、二人で後部席へ移動する。

夕食には少し早いかな。

「紅茶を淹れるけど、キャロルも飲むかい？」

「ええ、お願いするわ」

キャロルがソファに座るのを横目に、僕はキッチンスペースへ行き、ポットとティーバッグ、そしてチョコレートクッキーを取り、それらをテーブルへと持っていく。

「ありがとう」と口にしたキャロルの、向かいのソファに腰を下ろす。

すると、キャロルは少し頬を膨らませて立ち上がり、僕の隣に座り直した。

ソファはサキたちが乗っていった車のものよりも小さいから、大人二人が座るには少し狭い。

キャロルと僕は、密着するような形になる。

「キャ、キャロル？」

「……いいじゃない。今は、この空間に私たち二人しかいないんだから」

キャロルがそんなことを言うものだから、年甲斐もなく緊張してしまう。

「フレル、お仕事お疲れ様」

「え、あぁ。こちらこそいつも手伝ってもらって助かってるよ」

キャロルが、肩にポスッと頭を乗せてきた。

「あなたの隣にいると、やっぱり落ち着く……」

「……キャロル！」

「きゃっ」

僕はキャロルの肩を掴んだ。

そして、僕らは無言で見つめ合う。

徐々に顔を近づけていくと、キャロルが目を閉じた。

僕とキャロルの唇《くちびる》が触れそうになったその瞬間——車が急に揺れた。

「うわっ！」

「な、何⁉」

僕とキャロルは驚きのあまり、素っ頓狂な声を上げてしまった。

慌てて運転席に戻り、前を見ると、車の前に人が立っている。

そしてその顔には、見覚えがあった。

僕はすぐに外に出て、車の前に立つ人物に手を向け、魔力を込める。

「ここで何をしている、グレゴワル！」

僕たちの車の前に立っていたのは、リベリオンの幹部——グレゴワル。

かつて敵対した相手が、こんなタイミングで現れるなんて……。

そんな風に思いつつ警戒していると、グレゴワルは口を開く。

「お前たちに、聞きたいことがある」

「聞きたいこと？」

ひとまずは敵意を感じなかったので、僕は手を下ろした。

「ミシュリーヌのことだ。あいつについて何か知っていることがあれば、教えろ」

「ミシュのことを教えろですって？　何を言ってるのよ！　あなたたちリベリオンがミシュの体を奪ったのに！」

キャロルがそう怒気を込めて叫ぶと、グレゴワルはため息を吐き、頭を掻いた。

「やっぱりか……」

「まさか……知らないのか？」

僕の質問を、グレゴワルは首肯する。

「あぁ。ただ、違和感があってな。体を奪った……か。リベリオンの中でそんなことができるのは、ロンズデールくらいだ。死んだ風に見せてミシュリーヌの体を乗っ取ったのか。気色悪《きしょくわり》いやつだぜ」

この問答だけで真相にたどり着くということは、彼としても大方予想していた事態ではあったのか。

僕は頷く。

「ああ、君の予想通りだよ」

グレゴワルはその言葉に少し考え込むようにしてから、言う。

「今ミシュリーヌ――もといロンズデールがいるのは、お前らが目指しているリベリカなんだよ。恥を承知でお前らに頼む。俺もリベリカに一緒に連れていってくれ」

そう言ってグレゴワルは、僕たちに頭を下げてきた。だが――

「僕たちに、リベリオンの幹部を信用しろと？」

「怪しまれるのは百も承知だ。だが、俺もあいつを……ミシュを取り戻してぇんだ」

言葉からは悪意を感じないが……でも、こいつは一度サキのことを襲い、その後もリベリオンとして活動してきた男だ。そんな人間を、公爵家当主として信用してもいいものか。

そんな風に悩んでいる僕に代わって声を上げたのは、キャロルだった。

「……わかったわ」

グレゴワルがばっと顔を上げるのを見て、キャロルは手の平を前に出す。

「ただし、条件があるわ。あなたを乗せるのは、この車の屋根の上。土魔法が得意なんでしょ？振り落とされないようにへばりつくのなんて、朝飯前よね？　それから少しでも怪しい行動をとったら、あなたを敵とみなして攻撃、捕縛する。それでもいいかしら？」

「構わない」

「……先を急ぎましょう。早く乗って」

グレゴワルはそんなキャロルの言葉に素直に従い、車の屋根の上に登る。

僕とキャロルはそれを見届けてから、車内へと戻るのだった。

夜中。キャロルが寝息を立て始めたタイミングで、僕は寝室を出て、キッチンスペースに寄ってから、車の外へ。

屋根に登ると、グレゴワルは腕を枕《まくら》にして横になっていた。

しかし、寝てはいなかったようで「どうした」と聞いてくる。

「お前にいくつか聞きたいことがある」

「答えられる範囲でなら、答えてやらぁ」

「どうして僕たちの前に現れたんだ？　そもそも、何故リベリカへ向かっていると知っていた？」

「貴族家の中でお前らが一番……ミシュリーヌと関わりが深いことは知っていた。とはいえ、王都の中でお前らに接触するのは骨が折れる。だから、こっちに視察に来るように仕向けたんだ。よくできていたろう？　あの書類」

まさか、『リベリカへ視察に行くように』という書類自体がこいつの仕込みだったとは……。

見事に騙されてしまったな。とはいえ、書類を忍《しの》ばせるのだって、相当リスキーだったはずだ。

そうまでしてミシュリーヌを助けたい、ということなのだろうか？

「ああ。完全に騙されてしまったよ。でも、それほどまでに人を想える君みたいな人間が、なんでリベリオンに入ったんだ」

「……」

僕の質問を聞いて、グレゴワルはしばらく沈黙した。

かつてグレゴワルが襲撃してきたあと、彼の経歴を調べたことがある。

しかし、どのような経緯でリベリオンに入ったのかは不明。

唯一わかったのは、ミシュが王都を出たのと同時にグレゴワルも行方をくらましたということくらいだ。偶然かと思っていたけど、そうではないのではないかと、今僕は考えている。

「……例えば、あの女が急に『リベリオンへ行く』なんて言ったら、どうするよ」

「あの女って、キャロルのことか？　そんなの止めるに決まっているだろう」

「止めても聞かなかったら？」

「それは……いや、たとえ彼女を傷つけたとしても、止める」

「……お前は強いな。俺は止められなかった。だが、放ってもおけなかった。だからついていったんだ」

そうか、やっぱり……。

「ふふ……」

「何がおかしいんだよ」

「いや、僕の人を見る目も、当てにならないなと思ってね」

僕は以前サキからもらった空間拡張鞄から、さっきキッチンからくすねてきた酒とコップを取り出した。

「一杯どうだい？」

「……わかってんじゃねぇか。男同士の話には、酒がねぇとな」

それぞれのグラスに酒を注ぎ、片方をグレゴワルに渡す。

確かに彼は犯罪者だ。それでも同じ人を想い、行動している者同士……他人だとは、どうしても思えない。ならば今日は、この一晩くらいは立場を忘れてグラスと言葉を交わしてもいいのではないかと、そう思ったのだ。

僕らはグラスを鳴らし、コップに口を付けた。

「この酒、うめぇな」

「あぁ、僕の娘が作ってくれたものだ。アクアブルムのコメから作ったものらしい」

「……あいつか」

グレゴワルは、苦々《にがにが》し気にそう口にした。

そこからはお転婆《てんば》娘を好きになった者同士、惚れた女の話で盛り上がった。

そして結果、彼のことをグレゴと呼ぶまでに仲良くなってしまった。


次の日、車を走らせてリビングで寛いでいると、やがてあたりは雪景色になった。

そんなタイミングで、キャロルもリビングにやってきた。

「昨日は、ずいぶんとお楽しみだったみたいじゃないの」

「そ、そんなことはないよ。ちょっと重要な話をしていただけさ」

「ふぅーん！」

まさか、酔《よ》った時の会話は聞かれていない……よね？

キャロルの不機嫌を直すためにも、朝食は頑張って美味しいものを作らないと……。

そんなことを考えていたら、リベリカの方から微《かす》かに鐘の音が聞こえてきた。

僕とキャロルは、顔を見合わせる。

「この鐘は……」

「まさかうちの子たちに、何かあったんじゃ……」

僕は慌てて車を停めて扉を開け、屋根の上にいるグレゴに声をかける。

「グレゴ！　運転席に来てくれ！　急ぎたいんだが、屋根に乗っていたら、振り落とされるかもだろ？」

「ちょ、ちょっとフレル⁉」

最初に交わした約束を違《たが》えることになるので、キャロルが慌てたように声を上げた。

だが、今は非常事態だし、何よりもう僕はグレゴを信じてしまっている。

「あぁ？　あーあの鐘か……わかった、ちょうど寒かったところだ」

グレゴは車の助手席に座った。それを見て、僕も運転席へ。

若干ふくれっ面なキャロルは、リビングにいてもらう。

「ちょっと飛ばすよ！」

僕はそう口にしつつ、アクセルを思いきり踏み込んだ。


リベリカに着いたので、キャロルとともに車を降り、門へ向かう。

車はグレゴに任せた。

「アルベルト家のフレルだ！　さっき鐘が鳴っていたが、何があったのか説明してくれ」

僕がそう問うと、衛兵は姿勢を正し、答えてくれる。

「は、はい！　先ほど魔物が街の北側に来たため、避難を促すために鐘が鳴らされたのです」

「魔物!?」

「ええ。ですが、ご安心ください！　冒険者と旅の方のご協力によって、無事討伐されたそうです」

魔物が討伐されたのは良かったが、旅の方……か。

サキたちが関わっている可能性は、大いにありそうだ。

僕はそのまま手続きを済ませて、キャロルとともに街に入る。

とにかく今は子供たちの安全を確認するのが最優先。

どこに泊まるかは聞いている。

周囲を見ながら宿へと歩いていく途中で、フランやアニエを見つけた。

「フラン！」

「え、父様？」

「お母さまもいますわ！」

アネットはそう口にすると、嬉しそうにキャロルに抱きついた。

それ以外のみんなは、驚いた顔をしている。

ここに来ることは伝えていないし、当然か。

「魔物が出たって聞いたけど、みんな無事かい？」

「はいですわ！　お姉さまとレオンさま、それに勇者さまと賢者さまが倒してくださいましたの！」

勇者に……賢者？　アネットはいったい何を言ってるんだろうか。

首を傾げていると、キャロルが口を開く。

「ところで、サキちゃんとレオンがいないようだけど……」

「えっと、状況を説明するよ。ここで話すのもなんだし、宿へ行こう」


場所を宿へと移してから、フランはこれまでの旅路で起こったことを説明してくれた。

僕もキャロルも、なんとも言えない表情で、顔を見合わせてしまう。

正直信じがたい……だが……。

「サキとレオンが北の古城に行ったというのは、本当なんだね？」

「うん」

フランが頷くのを見て、僕は決断する。

「よし、キャロル。僕たちも向かおう」

「えぇ」

「お父さまとお母さまもお城に向かいますの……？」

アネットが心配そうに僕たちのことを見つめる。

僕はアネットの頭を撫でながら、笑顔を作った。

「大丈夫、ちゃんとみんなで戻ってくるよ。そうしたら一緒にリベリカの美味しい料理を食べようか」

「……はいですわ」

フランにみんなのことを任せて、僕らは一度車に戻り、古城に向かうことにした。

◆

「サキちゃん……よかった。間に合った……」

ママはそう言いながら私を抱き寄せて、頭を撫でてくれる。

嬉しいけど、それよりも気になるのは――

「ママ、なんでここに……？」

「説明はあとよ。ちょっとあの子の目、覚ましてくるから待ってて」

グレゴワルがなんでここにいるのかも聞きたかったけど、ひとまず今は敵対していないらしい。

それなら優先すべきは、シヴェルデをどうにかすることだ。

ママは抱擁《ほうよう》を解いて、シヴェルデの方に向き直ると、叫ぶ。

「ミシュ！　今あなたを解放してあげる！」

「なんだ？　お前たちは？　……あぁ、この体の関係者か」

シヴェルデの言葉に対して、グレゴワルは首を傾げる。

「あぁ？　テメェはロンズデールじゃねぇのか？」

「そいつの支配権は今、シヴェルデっていうやつが握っている！　ミシュリーヌを乗っ取ったロンズデールの精神を、シヴェルデが支配しちゃったの！」

私がそう説明すると、パパ、ママ、グレゴワルは納得したように頷いた。

「中身が誰かは関係ない。ミシュの体、今度こそ返してもらう」

パパはそう口にすると、風の弓を作り出し構える。

ママとグレゴワルも、臨戦態勢を取った。

「邪魔だったら一緒に蹴り飛ばすからね」

「こっちのセリフだ。俺の足引っ張んなよ」

そんな風に軽口を叩いてから、ママとグレゴワルは一瞬でシヴェルデの懐へと潜り込む。

魔力を結構消費してしまったし、今私が戦闘に交ざったら、むしろ邪魔になるかも。

なら、今できることをしなきゃ。

リーデルさんとパスカルさんにここで休んでおくように言い、レオンさんの元へ向かう。

「レオンさん！」

「サキ……情けないところを見せたね。ちょっとは強くなったつもりだったけど、まだまだみたいだ」

意識があるみたいで良かった。

私は「そんなことないです」と口にしつつ、レオンさんに回復魔法をかける。

レオンさんはシヴェルデの方に視線を遣りつつ、口を開く。

「まさかフレル様たちとグレゴワルが助けに来てくれるなんてね」

「えぇ……私も驚いています」

「……もう大丈夫だ、ありがとう。リーデルさんたちの方へ行こう」

レオンさんと一緒にリーデルさんたちのいるところへ戻ると、パスカルさんとリーデルさんが険しい表情をしていた。

「あの三人、かなりの実力者なのはわかるけど、ダメ……やや押されてるわ」

「僕たちも加わって、みんなで攻めるしか――」

「待ちなさいよ、この脳筋わんこ」

「脳筋わんこ⁉」

目を見開いて固まるリーデルさんを横目に、パスカルさんは言う。

「それだけじゃ足りないのよ。サキちゃんやレオンくんは結構魔力を消費してしまっているし、私たちは本調子じゃないからね。となると、別のアプローチが必要になる。体の持ち主と、ロンズデールに協力してもらう、とかね」

私はそれを聞いて、思い出したことを、口にする。

「前にアニエちゃんの両親が、憑依の魔法で乗っ取られたことがあります。その時は私が戦いながら、フランやアニエちゃんたちに精神接続の魔法を使って精神を起こしてもらいました」

「精神接続……それならいけるかも。私が魔法を使って、精神をシヴェルデの中に送り込めば、あるいは……」

それを聞いて、レオンさんが言う。

「二人を起こす役はリーデルさんと、フレル様、キャロル様が適任だろうね。だとしたら、残る僕とサキが時間を稼ぐしかないな」

「……レオンさん、いけますか」

「もちろん。サキはどうだい？」

「レオンさんがいけるなら、私だっていけます」

「さすが。恐れ入るよ」

もう！　ちょっとバカにしてますね!?　……って、そんな状況じゃない！

でも、おかげで少し緊張が解れた。

私は気を取り直して、思念伝達でパパ、ママ、そしてグレゴワルに作戦を伝える。

パパとママは私とレオンさんを心配してくれているのだろう、戸惑っているみたい。

だけど、その背中を押すような、グレゴワルの声がする。

『ガキの一人や二人、俺が面倒見てやらぁ』

なんだか癪《しゃく》ではあるけど、一度拳を合わせているから、頼りになるのは知っている。

ここは、お言葉に甘えるしかないか。

あとは、パパとママがどう判断するか次第だね。

少し間があって、パパは言う。

『わかった。それじゃあ僕が矢を一気に放ち、隙を作ろう。それをシヴェルデが防いでいる間に、僕とキャロル、レオンとサキが入れ替わる。いいね？』

全員の返事を聞いてから、パパは弓を構え――放った。

「第六《セクル》ウィンド！」

シヴェルデがパパの魔法の対処に追われている隙に、私はレオンさんとともに走る。

そして、心配そうな表情を向けてきたママにウインクしつつグレゴワルの横へ。

「来たな、ガキども。しょうがねぇから、面倒見てやるよ」

そう口にするグレゴワルに、レオンさんと私はムッとしつつ言う。

「そうかい。うっかり僕の剣の間合いに入ったらそのまま叩き切るから、気を付けてね」

「私の魔法にも巻き込まれないようにね」

そうして私たち三人は構える。

ちょうどそのタイミングで矢を捌き終えたシヴェルデが、笑う。

「なんだ、お前らは敵同士なのか？　何か考えがありそうだったからせっかく時間を与えてやったのだが、あまり期待できなさそうだな」

「ぶっ殺す！」

「後悔させてやる！」

「絶対泣かす！」

グレゴワル、レオンさん、私の順でそう口にすると、三人一斉に駆け出した。

それに合わせてシヴェルデも両手の中にそれぞれ一本ずつ剣を作り出し、応戦の構えをとる。

そしてお互いの間合いに入った瞬間――私とレオンさんは、左右に跳んだ。

「あ、テメェら！」

グレゴワルが叫んだ。

そう、私たちは予めグレゴワルを囮《おとり》にしようと思っていた。

元々敵対していたんだし、それくらいは許されるだろう。

グレゴワルは慌てながらも、シヴェルデの剣を、土の槍を作り出して受け止めた。

レオンさんと私は、動きを止めたシヴェルデに向かって、剣を振るう。

「抜剣術【落雷《らくらい》】！」

「結《むすび》剣術スキル【刺々牙《ささが》き】！」

しかし、シヴェルデは影で剣を生み出し、私たちの攻撃を受け止めた。

「なかなかの連携じゃないか」

そう口にするシヴェルデに、グレゴワルは叫ぶ。

「どこがだ！　勝手に囮にされてんだぞ、こっちは！」

「頑丈な体が取《と》り柄《え》なんだろう？」

「どんな攻撃も、ダイジョーブ」

「あとで覚えてやがれよ……」

レオンさんと私の煽《あお》りに対して、グレゴワルは忌々《いまいま》し気な声を上げた。

それを見つつ、シヴェルデはニヤッと笑った。

「ククク……せいぜい楽しませてくれたまえよ！」

シヴェルデが足をトンッと鳴らすと、彼の影から大量の剣が飛び出す。

私たちは距離を取った。

さて、ここからが本番だ。

◆

サキたちに前線を任せて、僕──フレルとキャロルは帽子を被った少女の元へ。

フランから聞いた話によると、彼女こそが賢者パスカル様、その人らしい。

「あなたたちとリーデルの精神を、あいつの精神に接続して飛ばすわ。で、なんとかその中にいる二人を起こしてきなさい。というわけで、今魔法を発動する準備をしているわ。少し待って」

そう口にしたパスカル様の足元には、魔法陣がある。

彼女が目を閉じ、魔力を送り込む度にそれは脈打つように光る。

やがてパスカル様はゆっくりと目を開け、僕たちの方を向き、口を開く。

「……ごめんなさい」

「えっと……何がでしょうか」

僕が聞き返すと、パスカル様はきまり悪そうに言う。

「私たちの仲間が、あなたたちやあなたの友達を苦しめてしまったこと……そして、サキちゃんたちを危険な目に遭わせてしまったことも、ね」

「確かにあなたの仲間のせいで、多くの人が危険な目に遭い、傷付けられました。でも、それ以上にパスカル様やリーデル様は多くの人を救っています。今だって、かつての仲間と市民を救うために一生懸命になってくださっている。そんな人たちを、誰が責められましょう」

「ありがとうね。……それじゃあ厚かましいことこの上ないけど、お願い。私の仲間を助けるのを手伝って」

「喜んで。あなたの仲間も、僕の友達も、きっと助けてみせます」

そんな僕の言葉を聞いて、パスカルさんは急に「はぁ……」とため息を吐く。

「リーデル、あなたも来世ではこんな風に爽やかで大人な男性になりなさいよ」

「急にひどいね⁉」

そんな風に声を上げるリーデル様を楽しそうに見つつ、パスカルさんは言う。

「準備ができたわ。三人とも、精神世界じゃ魔法は使えないから気を付けてね。それじゃあ横になって。あなたたちの体は、私が死んでも守る。それと、今回シヴェルデはかなり長い期間マリーの精神に影響を及ぼしていた。だから、精神のかなり深いところまで潜らなきゃならないわ。それ故、あなたたちの脳にそれなりの負荷がかかる。何事もなく戻ってこられたら大丈夫でしょうけど、向こうでのダメージは、こっちの体にも悪影響を及ぼす可能性がある。それでも大丈夫?」

パスカル様は言外《げんがい》に言っているのだ、『まだ引き返せる』と。

でも、僕の心はもう決まっている。

「よろしくお願いします」

キャロルも頷いている。

「それじゃあいくわよ……【精神接続《マインドコネクト》】」

パスカル様が魔法を発動した。

段々意識が遠のいていく。


目を開けると、キャロルが近くでキョロキョロ周囲を見回していた。

僕も立ち上がり、周りを見回す。

「ここって……」

王都にある魔法学園の中庭だとはわかる。

しかし、どことなく校舎が古い。僕たちの学生時代の学園だろうか。

「へぇ、ここが魔法学園かぁ」

声のした方を見ると、腰に剣を携えた青年が立っていた。

見覚えはないが、声に聞き覚えがある。

「まさか勇者様……ですか？」

「この姿で会うのは初めてだね。僕はリーデル。勇者様って呼ばれるのはちょっとむず痒《がゆ》いから、リーデルって呼んでくれよ」

「わかりました。それじゃあリーデル様、ここの景色に見覚えはありませんか？」

「んー、ないね」

「となると、この景色はやはり、ミシュの記憶を元に作られているのかもしれないな……」

僕がそう呟いていると、懐かしい声がする。

『キャロルが前に出ていれば、上手くいったのに！』

『あんたのその、すぐ私を囮に使ってやろうっていう発想、なんなの⁉』

『まぁまぁ二人とも、ちょっと落ち着こうよ』

若かりし頃のミシュとキャロルと、僕が目の前にいる。

景色だけじゃなくて、記憶の中にいる人も再現されるのか。

でも、三人は僕たちに目もくれずにどこかへ行ってしまった。

ただ記憶を再現しているだけみたいな感じで、お互いに干渉はできないのかな。

「懐かしいわ」

キャロルが横に来て、そう口にした。

「そうだね……でも、記憶が正しければこのあとミシュは……」

景色が変わり、中等科のクラス対抗戦の決勝の場面へ。

若いキャロルが叫ぶ。

『ミシュ！　なんで……』

『……あなたたちになんてわからないわ』

そう残して、ミシュは僕たちの前から消えたのだ。

ミシュの家——ヴェルネ家の手引きにより、僕とキャロルは襲撃された。

でもそれはミシュの意思ではなかったのだと、彼女は語ってくれたんだ。

そしてまた景色が変わる。今度の場所には、見覚えがない。

薄暗い部屋で、中等科の時のミシュと見覚えのない男がいる。

『ロンズデール！　話が違うじゃない！　なんでお父様とお母様が捕らえられなきゃいけないのよ！』

『計画は結局失敗に終わったのだ。そのせいでリベリオンの戦力も幾分か減った。その責任を取らねば、他の者に示しがつくまい？』

『何よそれ……』

『安心しろ、貴様はなかなか使えるやつのようだ。お前がリベリオンに忠誠を誓っている間は親に手出ししないと約束しようではないか。それに……すでに罪を犯している貴様らが、今更どこに行こうというのだ？』

ミシュは拳をギュッと握り、下を向く。

そして、鋭い目つきで顔を上げると『約束は守りなさいよ……』と告げ、部屋を出ていった。

またしても場面が変わり……今度はリベリオンのアジト内の、ミシュの部屋か？

床や机が、たくさんの書類や地図によって埋め尽くされている。

唯一何も置かれていないベッドの上で、ミシュは体育座りをしつつ、膝の上で組んだ腕に突っ伏していた。

少しして、グレゴが部屋に入ってくる。

『お前、大丈夫か？』

ミシュは手でしっしとジェスチャーしてから、言う。

『何がよ。私が計画した作戦は完璧だったじゃない。ほら、さっさと出てって。私、疲れたのよ』

しばらくの沈黙のあと、ベッドにいくつもの水滴が落ちる。

『また……犠牲者《ぎせいしゃ》を出しちゃった。なんでよ……貴族家なら、民のためにもっと頑張りなさいよ』

ミシュはリベリオンにいる間も、いつも被害を最小限に抑えられるように動いていたと言っていた。その最中、こうやってもがき苦しんでいたのか……。

やがて、ミシュは絞り出すように言う。

『キャロル……フレル……助けて……』

僕はなんでもっと早くミシュを助けにいかなかったのかと、激しく後悔した。

ミシュはずっとずっと自分の中の罪悪感と戦っていたのに……僕はのんびりと公爵の仕事をこなしているだけで……。

きっとキャロルも同じような気持ちだろう。

「ククク……貴様らの友達とやらが苦しむ様は見ものだったぞ」

声がした方を振り返ると、そこには白髪の男が立っていた。

場所はそのままミシュの部屋だが、ミシュとグレゴの姿は消えた。

「マリー……なのか？」

リーデル様が呆然とそう呟くが、白髪の男はそれを鼻で笑う。

「ふっ……この体は私が最後に乗っ取った状態を映しているだけだ。マリーとかいう男の精神は目覚めない」

それを聞いたリーデル様は、剣を引き抜いた。

「よくも仲間の体を……シヴェルデ！　僕はお前を許さない！」

そう言ってリーデル様は白髪の男――シヴェルデに鋒を向けた。

「ククク……お前は昔から何も変わっていないのだな。だが、お前に斬れるのか？　かつての仲間の魂を」

「……確かに、昔の僕なら躊躇《ちゅうちょ》していたかもしれない。だが、僕たちはもう過去の人間。そして今、未来の子供たちが外で戦っているんだ。その子たちの未来を守るためなら、僕は剣を振るえる！」

「では、かかってこい」

シヴェルデはそう言うと、影から剣を作り出した。

そして、打ち合いが始まる。

僕らは魔法が使えないため、援護もできない。しかし、さすがは勇者様。一人でも一瞬にしてシヴェルデを圧倒し、膝をつく彼の首に剣を突きつける。

「さすがだな……思念魔力とはいえ、剣の腕は衰《おとろ》えていないというわけだ」

そう口にしたシヴェルデに対して、リーデル様は冷たい声で言う。

「最後に言い残すことはあるか」

「貴様は未来の子供たちを守り、過去の仲間を切る覚悟はできていると言ったな」

「それがどうした」

「では、これならどうだ？」

シヴェルデは自分の顔をミシュの顔へと変えた。

「私を斬れば、この者の精神もただでは済むまい」

「くっ……！」

戸惑うリーデル様の剣を弾き、再びシヴェルデは剣を振るう。

「どうした、剣筋が甘くなっているぞ！」

倒したところで、ミシュの精神を傷付けてしまうかもしれない。そして今のところ、ミシュやロンズデールの精神を取り戻す算段だってない。

そんな状況を前に、リーデル様の剣筋が鈍《にぶ》り、シヴェルデはそこを突いてくる。

やがてリーデル様は、壁際に追いやられた。

「これで終わりだ」

シヴェルデがそう口にし、リーデル様目掛けて鋭い突きを放った――が、それはリーデル様には届かなかった。剣は、キャロルのお腹に突き刺さっている。

「キャ……ロル？　キャロル！」

僕は思わずそう叫んだ。

その目の前で、キャロルは口から血を吐いた。

彼女のお腹から流れる血が、地面を赤く染めていく。

「勇者を守るために自ら飛び込んでくるとは、殊勝な心がけだな」

そんなシヴェルデの嫌味を気にもとめず、キャロルはシヴェルデを抱きしめた。

「ミシュ……やっと触れることが……できたわ。ごめんなさい、あなたをもっと早く助けに……来られなくて。あなたの気持ちに気が付けなくて……でも、もう気付けたから……あなたのことは私が守るから……一緒に……帰りましょう？」

「そんな声がこのうつ……わに……」

シヴェルデの言葉が、止まる。

そして、ニヤけていた表情が一気に友を心配する顔に変わる。ミシュは涙を流しながら剣を引き抜き、キャロルを抱きしめる。

「バカ、バカバカ！　何をしてるのよ！　何を考えてるのよ！」

「ミシュの『バカ』……久しぶりに聞いた……あぁ、懐かしいわ」

「そんなこと言ってる場合じゃ……フレル！　何突っ立ってる！　早くキャロルを！」

「あ、あぁ！」

僕はミシュからキャロルを受け取り、ミシュのベッドに寝かせた。

しかし、そんなタイミングで今度はミシュが頭を押さえ、蹲る。

「うあああああああ！　嫌、嫌だ！　もう……あああああああ！」

しかしその絶叫も、一瞬で終わる。

ミシュ――否、シヴェルデはすっくと立ち上がり、再度剣を拾い上げる。

「まさか仲間の傷で自我が目覚めるとは……貴様ら人間の心とやらには、驚かされるよ」

そして僕らの方へと一瞬で移動すると、剣を振り下ろしてくる。

しかし、すんでのところでリーデル様が割り込むようにしてそれを受け止めてくれた。

リーデル様はそのままシヴェルデの剣を上に弾き、シヴェルデの右肩に剣を突き刺した。

その勢いのまま、反対側の壁にシヴェルデを叩きつける。

「この体を傷つけていいのか?」

「いや、これ以上は傷付けないよ。応えてくれ……シャイン!」

リーデル様がそう叫ぶと剣が輝きを放つ。

そしてその光を正面から受けたシヴェルデの顔はミシュのものから、見たことのない、老獪《ろうかい》な印象の男のものへと変貌《へんぼう》した。

そして彼の足元には、ミシュとロンズデールの体が倒れている。

シヴェルデは忌々し気な声を上げる。

「ぐ……うぅ! 貴様! まだシャインを手元に置いていたというのか⁉」

すると、剣から発されていた光が白い犬を形作る。

白い犬は、挑戦的な口調で言う。

「万一のための備えさ。思念魔力の状態で俺を呼び出すのは、寿命《じゅみょう》を縮める行為だしな。それにしてもシヴェルデ、まだ悪巧みしてるとはな。今度こそ、お前を止めるぜ」

「私を舐めるなぁ!」

シヴェルデはそう叫ぶと、肩に刺さった剣を抜こうとする。

しかし、リーデル様が剣にさらに力を込めたので、抜けない。

「リーデル、いくぞ」

「うん、頼むよシャイン」

白い犬はリーデル様に触れると、姿を消した。

その代わりに、リーデル様を白い魔力が包み込む。

「バカな！　精神世界で魔属化だと⁉」

驚愕するシヴェルデに対して、リーデル様は白い犬の声で言う。

「舐めんな。いくらお前が精神系統に長けた闇精霊でも、俺も浄化の魔法が使える精霊だ。精神世界に魔力で干渉するくらい、余裕だ」

「くっ……！」

「これで終わりだ！」

リーデル様はそう口にして、魔力を剣に集め、シヴェルデを両断した。

世界の形が、崩れていく。

10　新しい伝説

「大地の咆哮《グランドハウル》！」

「抜剣術【残響《ざんきょう》】！」

「ネル流剣術スキル【一刀《いっとう》・輪《りん》】！」

「甘いな」

パパたちが精神世界に入ってから五分くらい経っただろうか。

私――サキとレオンさん、そしてグレゴワルの三人がかりで、攻撃を仕掛け続けているんだけど……シヴェルデは私たちの攻撃をいなしつつ、すかさず反撃してくる。

またこちらに向けて、手を掲げてくる。

恐らく、影による攻撃だろう。

「第六《セクル》ライト・バリア！」

私は影が飛んでくる場所を予測し、その地点にピンポイントにバリアを展開する。

予想通りの位置に影の槍が飛んできて――なんとか防げた。

すると、すかさずグレゴワルが魔法を発動する。

「【巨人ノ足《ジャイアントスタンプ》】！」

土魔法によって生み出されたのは、巨大な脚。

それはシヴェルデに向かって、かかと落としを繰り出す。

私とレオンさんは、距離を取った。

しかし、シヴェルデは影で作った剣で、巨大な脚を細切れにしてしまう。

だが、それは想定済み。土埃で視界を奪うことこそが狙いだ。

レオンさんが土煙が晴れた瞬間にすぐさま攻撃できるように動いているのが魔視の眼で見えたので、私はシヴェルデを挟み込むように位置取りする。

しかし、そこで予想外のことが起こった。

「やはり貴様が一番厄介だな」

「……っ！」

シヴェルデが肉薄してきていたのだ。

魔力を極限まで放出しないようにすることで、私の探知を潜り抜けたのか！　しかもこの土煙の中動けるの!?

反応が遅れた——けど！

私はどうにか白風を引き抜き、ギリギリで剣を受けた。

「攻めの起点、守りの要《かなめ》、即席ではあるがかなり高レベルな連携を取れているのは貴様の魔法があってこそだな」

「それはどうも！」

そう口にしつつどうにか一旦距離を取ろうと考えていると、レオンさんとグレゴワルの声がする。

「サキ！」

「くそ！」

シヴェルデがニヤッと笑った。

途端、魔力が膨らむのがわかる。

まずい！　私が守らなきゃ！

「第六《セクル》ライ――」

「させるか」

シヴェルデは魔法を発動させつつも、剣で攻め立ててくる。

それによって集中が乱され、魔法が発動しない。

私はどうにか声を上げる。

「ダメ！　避けて！」

シヴェルデの影からまた槍が伸びた。

レオンさんはどうにかノーチェで槍を受けているけど、グレゴワルはどこへ……？

そう思っていると、ふと剣が軽くなる。

グレゴワルが、シヴェルデを羽交《はが》い締めにしたのだ。

っていうか……グレゴワルのお腹、槍が刺さってる!?

シヴェルデの攻撃を喰らいつつも、最短距離で距離を詰めたってことみたい。

「ミシュ……！　目ぇ覚ましやがれ！　いつまでこんな寄生虫に体を乗っ取られてやがんだぁ！」

「無駄だ」

グレゴワルは拘束されているのに、動揺する素振《そぶ》りすら見せない。

地面の影と、空中に黒色の魔法陣が浮かんでいる。

恐らくそれでグレゴワルを攻撃しようという算段なのだろう。

だけど、無駄だよ！

「『第六《セクル》ユニク【無効《バニッシュ》】！』」

レオンさんが地面の魔法陣を、私が空中の魔法陣を消した。

シヴェルデは舌打ちをした。いや、それだけではない。何故か脂汗が額に浮いている。

もしかして、精神世界で何かが起こっている……？

しかし、シヴェルデはそんな状態でも手首だけで剣をグレゴワルの方へ向け、その刀身を伸ばそうとする。

グレゴワルはそれに気付いていない！

さすがにこれは間に合わない——そう思った瞬間だった。

「苦しいわ！　この脳筋！」

「ぐふっ！」

シヴェルデの肘鉄《ひじてつ》が、グレゴワルの腹に突き刺さった。

そして、グレゴワルはシヴェルデの拘束を解く。

それでも攻撃してこないし、口調が変わっている……？　ミシュリーヌに戻った……？

ミシュリーヌ？　は地面に着地すると、すぐにパパたちの方を向く。

「そんなことより……キャロル！」

そして、すぐにパパたちのいる方へ向かった。私たちもついていく。

パパとリーデルさんが目を覚ましているのを見るに、パパたちがミシュリーヌの精神を呼び戻してくれたってことなんだろう。だけど、ママは目を覚ましていないみたいだ。

「キャロル、キャロル！」

取り乱したように叫ぶパパに、パスカルさんが聞く。

「精神世界で何があったの？」

「キャロルが刺されたんです。僕が不甲斐ないばかりに……」

「……サキちゃん。まだ魔力は残っているかしら」

「はい」

「こっちに来て」

私は呼ばれるがまま、パスカルさんの元へ行く。

「サキちゃん、精神世界でダメージを負った場合、痛みの信号が神経に伝わり、それによって身体にダメージが加わる。だから、実際にダメージを負うまでには少しタイムラグがあるわ。今から治療方法を教えるから、あなたがお母様を助けて。私にはもう、治療できるほどの魔力がないの」

「は、はい」

それから私はパスカルさんの説明を聞いて、魔法を構築する。

そしてママのおでこに触れて、発動する。

「【精神治癒《マインドヒール》】」

ママの頭を、黒い魔力が包み込んだ。

それから数十秒して……ママは目を覚まし、上体を起こした。

「キャロル！」

ミシュリーヌはそう口にして、ママを抱きしめた。

「このバカキャロル！　あなたには大事な家族がいるのに、私なんかのために死んじゃったらどうするのよ！　私なんか放って……平和に暮らしていればいいのに……」

ママはミシュリーヌを優しく抱きとめ、頭を撫でる。

「私にはね、目指している未来があるの。フレルやフラン、アネットにサキちゃん。私の大切な家族と、私の大事な友達、ミシュの家族が一緒に仲良くピクニックやお食事会を楽しむっていう未来がね。あなたは私にとって必要な存在なのよ。だから……自分『なんか』なんて言わないで。あなたは私の、一番の友達なんだから……」

「う、うぅ……」

ミシュリーヌはそのまま、泣き出してしまった。

よかった……。

そう思っていると、カランと音がする。

音のした方を見ると、パスカルさんとリーデルさんが倒れていた。

「リーデルさん！　パスカルさん！」

パスカルさんは、困り笑いを浮かべつつ口を開く。

「あはは……無理が祟《たた》ったわね。もう私は、この世界に存在していられないみたい。思念魔力によって生きていたわけだから、魔力が尽きたら死んでしまう。仕方ないことなのよ」

私は息を呑んでから、聞く。

「どうにか、できないんですか？」

「もう、どうしようもないかな」

「そんな……だって、パスカルさんは賢者で、何か今魔法を考えて、それで私がどうにか――」

要領を得ないことを口にする私の頭を、パスカルさんは優しく撫でる。

「無理ね。諦めなさい。ただ、まだできることはある」

リーデルさんとパスカルさんは顔を見合わせて、頷き合った。

そして、パスカルさんが魔法を発動させる。

すると、パスカルさんとリーデルさんの体は魔力の粒子に変わった。

そして、その粒子は再び宙で集まり、三人の人間を形作る。

そのうち二人はリーデルさんとパスカルさん、それともう一人は……誰？

「サキちゃん、レオンくん。私たちはこのまま消える。だからその前に私たちからあなたたちに伝えたいことがある」

そう口にしたパスカルさんに続いて、リーデルさんが言う。

「まずは僕から。君たちのおかげで役割を果たせたよ。ここまで連れてきてくれてありがとう。これは僕からの贈り物だ。シャイン」

リーデルさんの呼びかけに答えるように、白い光に包まれた犬が現れた。

「僕からこの二人へ契約を移したい。いいかい？」

「古い友人《ダチ》の頼みを聞かねぇわけにはいかねーな。だが、そっちの男には、あとから試練を受けてもらうぜ」

そんな犬の言葉に、レオンさんが頷く。

「お手柔らかに頼むよ」

私は試練を受けなくていいってことだよね？　なんで？

でも今はそれを聞くような場面ではないから、口を噤《つぐ》む。

それからリーデルさんが手を前に掲げると、犬は光の玉へと姿を変え、私の胸の中へ。

そして次は、パスカルさんが私の両手をとる。

「次は私からサキちゃんに。魔術書塔の私が眠っていた部屋に、私の研究データを記憶した魔石を封印してるわ。あなたがもう一度あの部屋を訪れた時、それがあなたの手元に現れるよう、術式をあなたに刻むわ。きっと役に立つと思う。そして、魔術書塔の全権利をミーティアの一族からあなたに移譲します」

「え⁉」

私は思わず声を上げてしまった。

だって、賢者様の研究データなんて、すごい価値があるに決まっている。

有り難いけれど、そんなものを私が受け取っていいのかなぁ。

そんな風に戸惑っていると、パスカルさんはふわっと笑う。

「あの塔にいる人たちは研究するばかりで、魔術を役に立てようとしてくれないの。だから、ヘルンと話し合って、私の知識をみんなのために使って」

私はその言葉に、しっかりと頷いた。

すると、最後に見知らぬ男が、口を開く。

「はじめまして……って言うのもおかしいか。僕はマリオネスト・ロンズデール。君たちを苦しめていた張本人だ」

ロンズデール!? 黒髪だし、見た目もリーデルさんたちみたいに十六歳くらいに見える。

今まで見ていた姿とかけ離れていたから、全然わからなかったよ。

ロンズデールは続いて、深々と頭を下げた。

「謝って済む話じゃないのは十分わかっている。でも謝らせてほしい……僕の心が弱かったせいで、償いきれない罪を犯した。本当にすまない」

なんて声をかけていいのかわからなかった。彼がやったことが許せないことなのは、確かだ。それによってたくさんの人が悲しみ、傷付いたのだから。

私は少し考えて、口を開く。

「あなたが悪くないとは言えません。でも、私はあなたのことを恨みません。あなただって、被害者なんですから」

「……リーデルに聞いた通り、君は優しいね。ではせめてものお詫びとして、僕からは君にこれを授けよう」

ロンズデールは自分の頭に指を当てた。すると、指先に光が灯る。

彼はそれを、私の方へ飛ばしてきた。

光は私の頭の中に消えていく。

「君に、僕が得ているリベリオンの情報と、憑依の魔法についての記憶を渡した。僕の精神の中からは消えたものの、残念ながらシヴェルデはまだ生きているだろう。虫かなんかに憑依してね。すぐに動けない程度にはダメージを負っているだろうが、油断は禁物。僕の知識を使って、対処してほしい……なんて、どの口が言っているんだって話ではあるがね」

マリオネストさんが話し終えたところで、三人の足が透け始める。

「さて時間が来たようだね、サキ、レオンくん。他のみんなにもよろしく言っておいてくれ。特にオージェとアネットはとても悲しんでくれると思うから。苦労かけるけど、頼んだよ」

「あなたたちとの旅、幸せだったわ。私たちが旅した国が素敵になっているのを見られたのも、嬉しかったしね」

リーデルさんとパスカルさんはそう口にして、微笑んだ。

そして、もう体のほとんどが半透明になったタイミングで、リーデルさんが思い出したように声を上げる。

「そうだ、学園の劇だけど、僕の役はやっぱりサキに演じてほしいな」

「え!?」

「あっちで楽しみにしているよ。それじゃあね」

リーデルさんのそんな言葉を最後に、三人の姿は消えてなくなった。


それから私たちは宿に戻った。

グレゴワルとミシュリーヌもいたから、みんなはかなり驚いていたけど、事情を話すと受け入れてくれた。やっぱりみんなは懐が深い。

ただ、リーデルさんとパスカルさんが消えてしまったことを話すと、誰もがとても悲しんでいた。

でも私とレオンさんは知っている。彼らが悔いなく消えていったんだって。

王都へ帰りながら伝えよう。新しい勇者と賢者の伝説を。


数ヶ月後。

「僕の仲間に、何をした!?」

「クックック……ぬるい貴様では、仲間たちを攻撃できまい」

今日はいよいよ劇の本番。

リーデルさんの言葉に従って、私は今、リーデルさん役として舞台の上に立っている。

シヴェルデの役はフランで、パスカルさんの役はアニエちゃんだ。

アメミヤ工房自信作の、ホログラム発生装置で魔法を再現しているのも相まって、観客の人たちの反応は上々。

さて、とうとう私が光の精霊の力を借りて魔王と戦うシーンが始まる。

私は叫ぶ。

「シャイン！」

「呼んだか？」

演出用の魔道具の中から、本物のシャインが出てきてしまう。

私は以前脳内に響く声に導かれるようにして、リベリオンの幹部を殺してしまいそうになった。

その時はレオンさんとネルが止めてくれて、結果『殺さない』という選択ができたんだけど……

どうやらあれが、精霊の力を借りる資格があるかを測る『試練』だったらしいのだ。

それを無事突破できた私に、シャインは協力してくれるってことらしい。

けどまさかこんなところで出てきちゃうとは思わず、私は思わず目を見開く。

フランとアニエちゃんも、驚いている。

「シャ、シャイン……今のは演技なの！　姿を消して！」

そう小声で言うと、シャインは私の傍にいる子犬の仮装をしたオージェに視線をやりつつ、不機嫌そうに言う。

「なんだよ紛らわしいな。あと俺はあんなに不細工じゃねぇぞ！」

「いいから早く！」

「ちっ、わかったよ」

シャインがようやく姿を隠してくれたので、演技に戻る。

セリフを言いつつもちらっと客席を見ると、観客は今のも演出だと思ってくれていたみたいで、むしろ感動してくれていたみたい。よかった……。

そこからはつつがなく進み、ラストシーン――リーデルさんが自分ごと魔王を倒すシーンだ。

「みんなすまなかった……僕の心が弱かったせいで、君たちを……大切な仲間を傷つけてしまった」

そう口にした私の目を真っ直ぐ見て、アニエちゃんが言う。

「そんなことはいいの……それより、大丈夫なの？」

「ダメみたいだ。今はシャインが頑張ってくれているおかげで自我を保てているに過ぎない。だから、今のうちに僕は未来の子供たちを守るため、死のうと思う」

私は剣を自分の胸に向け、アニエちゃんの方を見る。

「パスカル、今までありがとう。僕は君を愛していたよ」

そう言って私は自らに剣を刺すフリをした。

舞台が暗転すると、割れんばかりの拍手の音がする。


劇の後のホームルームも終わったので、私たちは教室で劇の振り返りをしていた。

「それにしても、サキの演技は真に迫っていて、よかったわねぇ」

「はい！　ギリギリでしたが、台本をちょっと変えてよかったです。特に最後のシーンなんて……」

アニエちゃんとミシャちゃんはそう口にすると、うっとりとした顔をする。

台本を、実際にあった内容に沿って直前で変更したんだよね。

衣装もとても凝《こ》っていて……実際のリーデルさんたちの着ていた服に比べると、ちょっと派手すぎる気もするけど、かなりいい出来だった。

「は、恥ずかしいよ……」

そう言って俯いていると、フランが楽し気に言う。

「ふふ……最初に比べたらセリフも流暢《りゅうちょう》に言えるようになっていたよね」

「演技中は必死に自分をリーデルさんだと言い聞かせていたからできたけど……思い出すと……恥ずかしい」

すると、オージェが悲し気な声を上げる。

「なんで……なんで俺はこんな役なんすか！」

「しょうがないじゃない。セリフ全然覚えられないし、それでも重要な役が欲しいって言うからミシャが調整してくれたんでしょ！　むしろ感謝なさい！」

「でも、犬はないっすよ……」

精霊の役とはいえ、犬の姿だったのが不服みたい。

まぁとはいえオージェもシャインのことは嫌いじゃないみたいだから、本気で嫌だったってわけじゃないんだろうけど、こればかりはプライドの問題なのかも。

それにしても旅行が終わってからは、劇に向けて大忙しだったなぁ。

でも、『二人へ手向《たむ》ける意味でもこの劇を成功させましょう！』って言ってくれたミシャちゃんを始め、みんなのモチベーションはすごく高かったから、頑張れたんだよね。

リーデルさんとパスカルさん、天国で喜んでくれているかなぁ。

……そうそう、ミシュリーヌやグレゴワルに関しては、どうにか厳罰《げんばつ》に処されぬよう、パパが動き回っているみたい。

どうなるかはわからないけど、パパとママは決意に満ちた顔をしていたし、きっと大丈夫だよね。

そんなことを考えていると、私のミミフォンに着信が入った。

「はい、サキです」

『あ、サキ姉か!?　今どこにいんだ!』

声の主はキールだった。すごく焦った声だけど、どうしたんだろう?

「え?　どこって、学園だけど……」

『今すげぇ客が押し寄せてきてんだぞ!　コピー機を作れだのミシンを大量購入したいだの、あの劇で作った道具を売ってほしいだの!　こっちはてんやわんやだ!』

「え、えぇ!?」

『いいから早く、工房に戻ってきてくれ!』

確かに旅で宣伝していたし、さっきの劇で使った魔道具を対象にしたセールを発表会が終わったタイミングでスタートさせたんだけど……ここまでのことになるなんてぇ!

「ごめん……私工房に行かなきゃ!」

私の言葉に対して、アニエちゃん、ミシャちゃん、フラン、オージェが言う。

「あら、それなら私たちも手伝うわ」

「えぇ！　もしかしてパルミーさんたちもいるんですかね!?」

「劇の打ち上げもしたいし、みんなで頑張って、早く終わらせよう」

「俺も頑張るっすよ！」

「……うん！　それじゃあ着替えて行こっ！」

私はそう口にして、荷物をまとめ始める。

リーデルさんたちがいなくなって寂しい気持ちは当然あるけど、それ以上にリーデルさんたちの守ってきたものを、私も守っていきたい。

そんな気持ちを胸に、私は大切な仲間たちと教室をあとにした。

異世界ゆるり紀行
～子育てしながら冒険者します～
1～15
水無月静琉
Minazuki Shizuru
シリーズ累計
110万部(電子含む)突破!!
2024年待望のTVアニメ化!
1～15巻
好評発売中!
コミックス
1～8巻
好評発売中!
子連れ冒険者ののんびりファンタジー!
神様のミスで命を落とし、転生した茅野巧。様々なスキルを授かり異世界に送られると、そこは魔物が蠢く森の中だった。タクミはその森で双子と思しき幼い男女の子供を発見し、アレン、エレナと名づけて保護する。アレンとエレナの成長を見守りながらの、のんびり冒険者生活がスタートする!
転生したら、双子を保護しました。
子連れ冒険者の異世界のんびりファンタジー!
転生したら、幼い双子を保護しました。
シリーズ累計15万部!!
◉各定価:1320円(10%税込) ◉Illustration:やまかわ
◉漫画:みずなともみ B6判 ◉各定価:748円(10%税込)

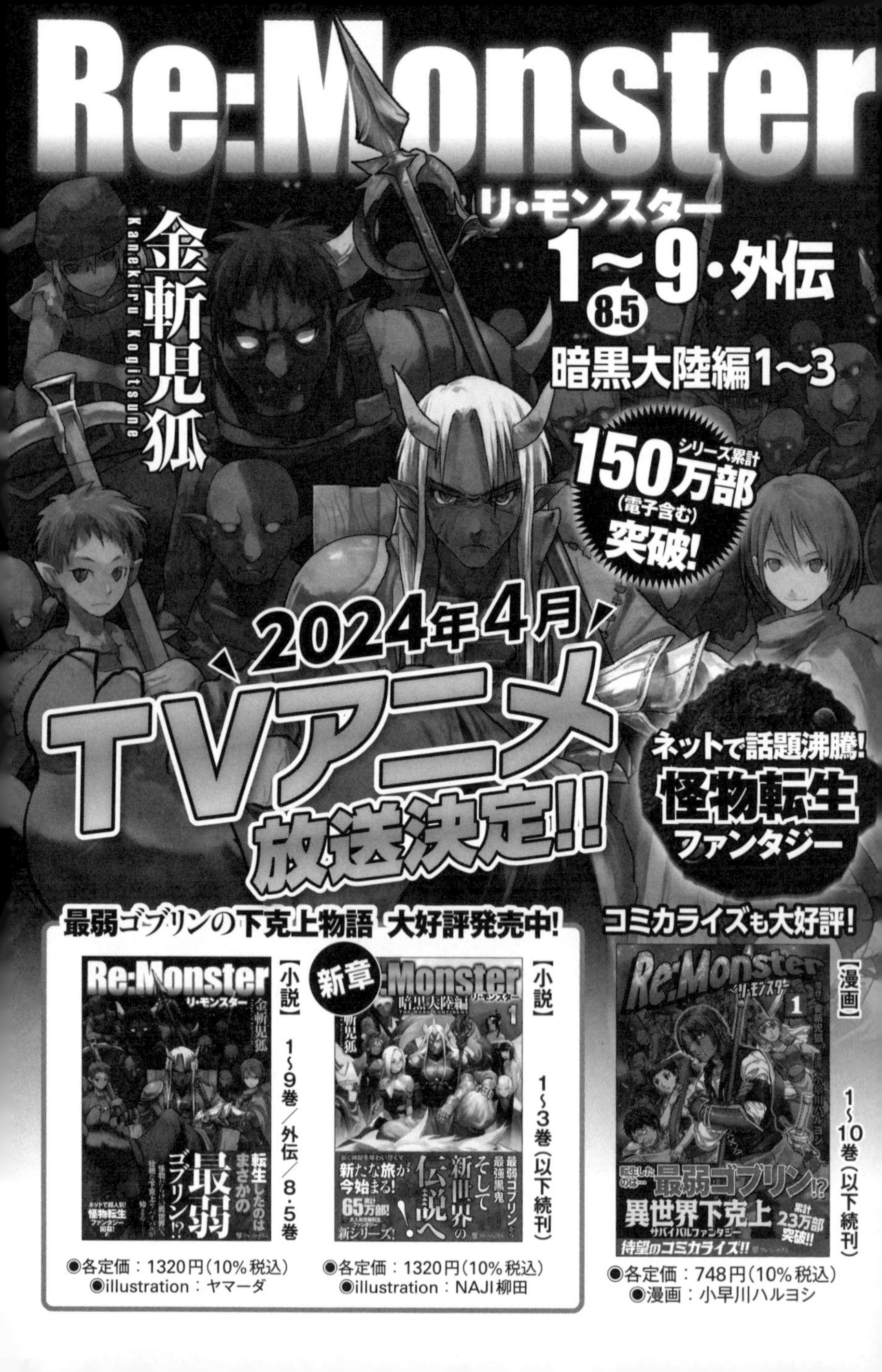
Re:Monster
リ・モンスター
金斬児狐
Kanekiru Kogitsune
1〜9・外伝
8.5
暗黒大陸編1〜3
シリーズ累計
150万部
(電子含む)
突破!
2024年4月
TVアニメ
放送決定!!
ネットで話題沸騰!
怪物転生
ファンタジー
最弱ゴブリンの下克上物語 大好評発売中!
コミカライズも大好評!
Re:Monster
リ・モンスター
金斬児狐
転生したのはまさかの最弱ゴブリン!?
ネットで超人気!
怪物転生ファンタジー
【小説】
1〜9巻/外伝/8・5巻
◉各定価：1320円（10％税込）
◉illustration：ヤマーダ
新章
Re:Monster
リ・モンスター
暗黒大陸編
1
最弱ゴブリンから最強黒鬼
そして新世界の伝説へ!
新たな旅が今始まる!
累計65万部!
新シリーズ!
【小説】
1〜3巻（以下続刊）
◉各定価：1320円（10％税込）
◉illustration：NAJI柳田
Re:Monster
リ・モンスター
1
転生したのは…最弱ゴブリン!?
異世界下克上
サバイバルファンタジー
累計23万部突破!!
待望のコミカライズ!!
【漫画】
1〜10巻（以下続刊）
◉各定価：748円（10％税込）
◉漫画：小早川ハルヨシ

あずみ圭
Azumi Kei
月が導く異世界道中
Tsukiga Michibiku Isekai Dochu
1~19
8.5
シリーズ累計360万部の超人気作!(電子含む)
TVアニメ第2期
2024年1月8日から 2クール 放送開始!
TOKYO MX・MBS・BS日テレほか
異世界へと召喚された平凡な高校生、深澄真。彼は女神に「顔が不細工」と罵られ、問答無用で最果ての荒野に飛ばされてしまう。人の温もりを求めて彷徨う真だが、仲間になった美女達は、元竜と元蜘蛛!? とことん不運、されどチートな真の異世界珍道中が始まった!
2期までに
原作シリーズもチェック!
●各定価:1320円(10%税込)
●illustration:マツモトミツアキ
1~19巻好評発売中!!
とことん不運、されど、チート!!
漫画:木野コトラ
●各定価:748円(10%税込) ●B6判
コミックス1~13巻好評発売中!!

この作品に対する皆様のご意見・ご感想をお待ちしております。

おハガキ・お手紙は以下の宛先にお送りください。

【宛先】

〒150-6019 東京都渋谷区恵比寿4-20-3 恵比寿ｶﾞｰﾃﾞﾝﾌﾟﾚｲｽﾀﾜｰ 19F
（株）アルファポリス　書籍感想係

メールフォームでのご意見・ご感想は右のＱＲコードから、
あるいは以下のワードで検索をかけてください。

アルファポリス　書籍の感想　検索

ご感想はこちらから

本書はWebサイト「アルファポリス」（https://www.alphapolis.co.jp/）に投稿されたものを、改題、改稿、加筆のうえ、書籍化したものです。

前世《ぜんせ》で辛《つら》い思《おも》いをしたので、神様《かみさま》が謝罪《しゃざい》に来《き》ました 7

初昔　茶ノ介（はつむかし　ちゃのすけ）

2024年2月29日初版発行

編集－若山大朗・今井太一・宮田可南子
編集長－太田鉄平
発行者－梶本雄介
発行所－株式会社アルファポリス
〒150-6019 東京都渋谷区恵比寿4-20-3 恵比寿ｶﾞｰﾃﾞﾝﾌﾟﾚｲｽﾀﾜｰ19F
TEL 03-6277-1601（営業）　03-6277-1602（編集）
URL https://www.alphapolis.co.jp/
発売元－株式会社星雲社（共同出版社・流通責任出版社）
〒112-0005東京都文京区水道1-3-30
TEL 03-3868-3275
装丁・本文イラスト－花染なぎさ
装丁デザイン－AFTERGLOW
印刷－中央精版印刷株式会社

価格はカバーに表示されてあります。

落丁乱丁の場合はアルファポリスまでご連絡ください。

送料は小社負担でお取り替えします。


ISBN978-4-434-33335-4　C0093